異世界召喚されたら無能と言われ追い出されました。

この世界は俺にとってイージーモードでした

ISEKAISYOKAN SARETARA MUNOU TO
IWARE OIDASAREMASHITA.

6

WING

Illustration
クロサワテツ

アイリス――

晴人の婚約者の一人である、ペルディス王国の第一王女。

結《ゆう》城《き》晴《はる》人《と》――

クラスごと勇者召喚された高校生。無能だからと追放されたが、神様からのお詫びチートで圧倒的な力を手に入れる。

フィーネ――

晴人のよき理解者であり、彼と婚約した冒険者。

登場人物紹介

ダムナティオ――
突如帝都に現れた、魔王軍四天王の一人。
シャルロット――
ガルジオ帝国の第三皇女。戦姫と呼ばれる実力者。
クゼル――
グリセント王国騎士団元副団長の、Aランク冒険者。

第1話　ガルジオ帝国到着！

俺——結城晴人《ゆうきはると》は、ある日突然、クラス丸ごと異世界に勇者として召喚《しょうかん》された高校生。

だが俺には『勇者』の称号がなく、無能と言われ追い出され、しかも召喚主であるグリセント王国の連中に殺されかける。

そこで神を名乗る人物と出会った俺は、チートなスキルの数々を手に入れ、ペルディス王国で冒険者としての活動を始める。

闘技大会が開催されるという情報を聞き、ガルジオ帝国へと向かう俺たちは、道中でベリフェール神聖国に立ち寄ることに。

そこでペルディス王国第一王女のアイリスの友達であり、聖女様と慕《した》われるイルミナ・ハイリヒと出会った。

彼女が誘拐《ゆうかい》されたり、強力な悪魔が召喚されたりと、波乱はあったものの、俺や仲間たちの力で何とか事件は解決。

その結果、イルミナが新たな俺の婚約者となるのだった。

それから俺たちは、当初の目的である闘技大会に参加するためにベリフェール神聖国を出発する。

ガルジオ帝国の帝都に向かっているメンバーは、ベリフェール神聖国の神都に足を運んだのと同じ八人。

冒険者であり俺の婚約者でもあるフィーネ。そして同じく俺の婚約者であるアイリスと、そのお付きのアーシャ。それから、俺と一緒にこの世界に召喚された勇者の一人で俺の婚約者でもある鈴《すず》乃《の》、元エルフの里のお姫様でフィーネらと同じく俺の婚約者のエフィル。そしてグリセント王国騎士団で副団長をしていたクゼル、ナルガディア迷宮ボスのドラゴンだったが人化して俺に付き従うゼロ。

そんなお馴染《なじ》みの面々で、帝都へと馬車を走らせているのだが……

二週間という旅路の暇《ひま》を潰《つぶ》せるものが何もなく、すっかり時間を持て余してしまっていた。

御者《ぎょしゃ》役と警戒役は持ち回りで、残りのメンバーは俺が作った亜空間――もう一つの世界にある屋敷で過ごすことにしている。

そうして俺がゴロゴロしていたある日、皿を持ったアイリスが俺のもとにやってきた。

寝転がっているため、皿に何が載《の》っているかは見えない。

「ハルト、お菓子を作ってみたから食べて！」

起き上がって皿の上を見ると……おそらく炭化したのだろう、真っ黒な何かが載っていた。

形とサイズ的に、クッキーのつもりか？

俺は冷静を装い、アイリスに尋ねてみる。

「ア、アイリス一人で作ったのか……？」

「当たり前よ！　お菓子くらい一人で作れるわ！　りょ、料理はちょっと苦手だけどね……」

前半の勢いが気のせいだったかと思うような後半の小声に、「ちょっとどころじゃないだろう！」とツッコミを入れたくなったが、今はそれどころじゃない。

これは命の危機である。

以前、アイリスがホットケーキを作ってくれたことがあるのだが、その時もやはり、出来上がったものは黒かった。

味に関しては『気絶するほど個性的な味』とだけ言っておこう。

俺は恐る恐る、気になったことを確かめる。

「お、お菓子は作ったことはあるのか？」

「一度だけあるわ！　お父さんにあげたら、卒倒するほど美味しかったみたい！」

それは違うだろう!?

ディランさん、一国の王なのに……

「えっと、その後ディランさんは何か言わなかったのか？」

「んーと、たしか今後料理する時は誰かと一緒にするように、って。美味しすぎる料理を作られたら困るってことかしら？」

それには答えられない。

俺はアイリスが悲しむ姿を見たくないからな。

すると当のアイリスは、ずいっと皿を差し出してきた。

「早く食べてみて♪」

「お、おう。いただくよ……」

黒いクッキー（仮）を一枚手に取る。

ホットケーキの時と同様に黒色のオーラが視《み》えるのは気のせいだろうか？

俺が意を決して口に運ぼうとしたその時、クゼルと鈴乃がやってきた。

「何をしているのだ？」

「そ、それってお菓子……？」

俺が答えようとするよりも早くアイリスが答えた。

「そう、クッキーよ！　二人も食べてみて！」

そう言って皿を差し出すアイリスに、鈴乃は「うっ……」と呻《うめ》いた。

多分だが、鈴乃もオーラを幻視したのだろう。

鈴乃が俺を見る。

「ね、ねぇ……」

「聞くな。俺は食べる」

鈴乃が俺に戦慄《せんりつ》の眼差しを向けている。

聞かないでもわかる。鈴乃は「それ、マジで食べるの？」と思っているのだろう。

「アイリス、私も一つ」

「「え？」」

すると、俺と鈴乃が視線を交わしている中、不意にクゼルがクッキーを一枚手に取って、口に放り込んだ。

ガリッボリッと、クッキーにしてはありえない、固い音がしている。

しかしクゼルはそのままゴクリと呑《の》み込んだ。

「うむ。少し苦みがあって美味い。もう一枚いただこう」

「「え？　マジ……？」」

反射的にそんな言葉が出てしまったが、アイリスは俺の言葉に気付いていないようだった。

「ああ。ハルトとスズノも食べたらどうだ？」

「あ、ああ」

「そ、そうだね」

俺と鈴乃は一度顔を見合わせ、その黒いクッキーを口の中に放り込み――二人して倒れた。

「ア、アイリス……お、お菓子作りと料理は、アーシャと一緒に、な……」

「こ、これは無理だよぉ……」

《スキル〈状態異常無効〉の発動を確認しました》

俺のエクストラスキル森羅万象《しんらばんしょう》の補助機能が生み出した人格、エリスのそんな言葉が聞こえたが、俺の意識は暗い底に落ちていった。


それからどのくらい経ったのだろうか。

目を覚ました俺の隣にはフィーネとエフィル、アーシャが心配そうに座っていた。

まさか状態異常無効を貫通して意識を失わせるとはな……

俺の隣には鈴乃が寝かされており「や、やめて、もう無理だよぉ……」と、夢の中の何かに苦しんでいる様子だ。

俺と鈴乃が気絶する原因となったアイリスを探すと、近くのソファーでスヤスヤと気持ちよさそうに寝息を立てている。

どれくらい時間が経ったんだろう？

「俺、生きてたんだ……」

「あの、何かあったのですか？」

目が覚めた俺にフィーネが聞いてくる。

「——アイリスが作ったクッキーを食べた……」

その瞬間、三人が凍り付いたように固まり、アーシャが慌てて口を開いた。

「は、ハルトさん、体調は大丈夫ですか⁉」

「大丈夫、だと思う。状態異常無効が発動したお陰かも」

俺の言葉に、アーシャが顔を引きつらせる。

それからしばらくして目を覚ました鈴乃が、衝撃の言葉を口にした。

「私、毒耐性獲得してるんだけど……」

その言葉に、絶句する俺たち。

今後アイリスが料理を作る際は、必ず誰か一人は監視を付けることになるのだった。


そして俺たちは無事、国境の街に到着した。

国境の手前側に宿泊施設があったのでそこで一泊し、補給を済ませた翌朝、俺たちはガルジオ帝国入国のための検問を受ける。

「何をしにこの国へ？」

そう尋ねてくるガルジオ帝国の兵士に、俺は身分証となる冒険者カードを見せて答える。

「帝都で行なわれる闘技大会に出ようと思って。まあ、仲間の腕試しだな」

俺のランクを見て驚いた兵士だったが、すぐに冷静さを取り戻して「なるほど」と頷《うなず》いていた。

「すみませんが全員の身分証もいいですか？　いくらEXランク冒険者様の仲間でも、これだけは規則でして……」

申し訳なさそうに聞いてくる兵に、全員が身分証を提示した。

もちろん、アイリスのものは王女であることは伏せてある。

「……確認しました。ようこそ、ガルジオ帝国へ。それでは大会、頑張ってください」

俺たちは検問所を抜けてガルジオ帝国に入り、帝都に向けて馬車を走らせるのだった。


道中で魔物は出たものの問題なく撃退し、俺たちは無事に帝都の前まで到着した。

現在は帝都を囲う壁の前で、検問待ちをしているところだ。

大会が近いからか、検問は多くの人で列を成している。

「ハルトさん、帝都って大きいですね」

「そうだな。もしかしたらペルディス王国の王都よりもデカいんじゃないか？」

フィーネに答えた俺だったが、そこにアイリスが口を開いた。

「ガルジオ帝国は世界で一番大きな国だから、帝都が大きいのも当たり前よ」

「世界一大きな国か……」

呟《つぶや》いた俺は、帝都を囲う大きな壁を見上げた。

とても高く、門も壁同様に巨大だ。帝都の壮大さを感じさせる。

にしても……

「暇だなぁ～……」

かなり時間がかかっていて、やることもないのだ。

初めて来た国なので、このような待ち時間も悪くはないけど、それにしたって暇すぎた。

すると、鈴乃が尋ねてくる。

「晴人くん、大会には誰が参加するんだっけ？」

「フィーネ、アイリス、クゼルは出るって言ってたな。ゼロとアーシャ、エフィルは出ないみたいだけど……鈴乃はどうする？」

鈴乃は少し考える素振りを見せて答えた。

「私もパスかな。考えてはみたんだけど、私は回復系が主だから試合はちょっとね」

「そうか？　戦い方次第では強いと思うけど」

「うーん、でも今回はやめとくよ。ただ、今度訓練に付き合ってほしいんだけど、いいかな？」

「ああ、いいよ」

というわけで、大会出場はフィーネ、アイリス、クゼルになった。

団体戦もあるそうなので、そちらには三人に加えて俺も参加する予定だ。

それからしばらく待ち続け、ようやく検問を抜けて馬車を進ませた俺たちは、帝都の街並みを目にした。

「おぉ！」

「ずいぶんと人が多いですね」

俺とフィーネがそう声を上げると、アイリスが横でため息をつく。

「相変わらずこの時期は多いわね」

「ん？　アイリスは来たことがあるのか？」

俺たちはアイリスの方に顔を向けた。

「一度だけ。その時はアーシャもいたわよ」

「はい。私も同行しました」

そうだったのか。

まぁ、王女なんだから来たことがあってもおかしくないか。

「でも、当時とほとんど変わっていないわ」

「そうですね。新しいお店が少し増えたくらいでしょうか」

「へぇ、それなら滞在中は案内してもらおうかな」

「そんなに期待しないでね」

それから俺たちは通りすがりの人にオススメの宿を聞き、馬車を向かわせる。

人が多い時期ではあるものの、運良く宿を確保できた俺は、フィーネ、アイリス、クゼルを連れて冒険者ギルドに向かうことにした。

どうやら闘技大会は、ギルドで参加受付をしているようだ。

大会に参加しない鈴乃、エフィル、アーシャ、ゼロは観光して回るらしい。

一瞬心配になったが、ゼロが護衛にいるので問題はないだろう。

しばらく歩いて、俺たちは冒険者ギルドに到着する。

やはりどの国の冒険者ギルドも、建物は同じような形なので一目でわかる。

俺が両開きの扉を開けて中に入ると、大会が近いからか人が多く、受付には列ができていた。

一番並んでいる列ができている受付には、「大会受付」と書かれた看板が高々と掲げられていた。

「凄《すご》い人の列だな」

「そうですね……」

「ハルト、人が多いわよ」

「アイリス、しょうがないだろう」

「むう……」

「この我慢も戦うためだ」

混雑を嫌がってむすっとするアイリスに、クゼルがそう言う。

うん。クゼルは相変わらず戦うことしか考えてないな。

待っている間、俺たちが雑談をしていると、視線を感じたので周りを見渡した。

フィーネ、アイリスの二人も視線を向けられていることに気付いたのか、俺の服の裾《すそ》を摘まむ。

「無視してればいい」

「この流れ、多分絡まれると思うんですけど……」

「フィーネに同意するわ」

おいおい二人とも……てかクゼルはスルーですかい。

「さすがに毎回毎回そんなことあるわけがないだろ」

俺はとりあえず否定しておいたが、アイリスとフィーネにジト目を向けられる。

フラグを立てるなとでも言いたいのか？

そうこうしているうちに、俺たちの番になる。

「次の方どうぞ――って、ここは遊びで来るような場所ではありませんよ？」

俺たちを見てそう言った受付嬢。

受付嬢に賛同するかのように、後ろから声が聞こえてきた。

「ハハハッ！　その通りだ。遊びの大会じゃねぇんだぞ？」

「今すぐそこの嬢ちゃんたちを置いて帰りな」

「俺たちが使った後で帰してやるよ」

「その時にはもう壊れちまっているだろうけどよ」

さっき俺たちに視線を向けていた三人の男たちはそう言って、フィーネたちの体を下卑《げび》た視線で見た。

「ほらハルトさん。絡まれるって言ったじゃないですか……」

「そうよ」

くっ、何も言い返せない……

「じゃあハルトさん、お願いしますね？」

「しっかりやるのよ？」

フィーネとアイリスからの圧が凄い。

ちらりと視線を向けると、クゼルはちらりと周囲を見回して、興味なさげにしていた。

……強そうなやつがいないからどうでもいい、みたいな感じか？

「……まあ、元からやるつもりだったけどな」

俺はこちらを見る荒くれ者どもに、冷めた視線を向けた。

「どうした？　渡す気になったか？」

「今晩は眠れないな！」

「ヒャハハハッ！　まったくだぜ！」

「おい」

「「――ッ!?」」

俺は低い声色で男たちの言葉を遮り、同時に『威圧』スキルを放った。

「はぁ……まったくもってツイてない」

「まったくです」

「ハルトがあんなこと言うから」

「俺のせいか!?」

「「当たり前です（よ）！」」

少し怒ったように言うフィーネとアイリス。

俺としては一切フラグを立てた覚えなんてないぞ!?

まぁいずれにしてもこうなった以上、今はゴミを処理しないといけない。

俺は威圧を受けて黙っている男たちに向かって口を開いた。

「――おい、ゴミ以下の虫けら共。今ここで死ぬか、そのまま帰るか。選ばせてやる」

殺気を振りまきながら問うと、三人の男たちは尻もちをつき、周囲の者たちまで青ざめていた。

ここにきて、ようやく実力差がわかったのだろう。

「か、かかか帰る！　帰るから許してくれ！」

「悪かった！　本気で言ったわけじゃないんだ！」

「頼むから許してくれ……！　この通りだ！」

尻もちをついている男たちは必死に命乞《いのちご》いを始める。

「立て」

「「「……え？」」」

「聞こえなかったのか？」

威圧をさらに強くする。

「「「は、はひぃぃぃッ！」」」

俺は立ち上がった男たちに制裁を加えることにした。

といっても、何をするかは考えていない。

フィーネたちをそんな目で見たヤツは殺したいが、俺自身に殺意は向けてはいなかったから、やりすぎるのも気が引ける。

……よし、決めた。

「悪いことをした自覚はあるんだな？」

「「は、はぃ……」」

「なら俺からのちょっとした罰だ」

「「……え？」」

「謝ったらタダで帰す、とは言ってないからな」

俺は魔法を発動させる。

空中に現れる拳大《こぶしだい》の氷。

「え？」

「ちょっ!?」

「それはさすがに……」

俺の目から本気を読み取って、男たちの口元が盛大に引きつる。

俺は問答無用でその氷を放った。

——三人の股間《こかん》を目掛けて。

「「「アァーーーーーーーーーッ！」」」

そのまま三人は泡を吹いて気絶した。

周りの男たちは想像したのか顔を青くさせ、内股になって股間を押さえていた。

俺は三人を叩《たた》き起《お》こす。

「大丈夫か？　ただ……子供は残せないかもな。まあ、罰も済んだしもう帰っていいぞ」

男たちは顔を青から白に変えてガクガク震えるのだった。

「ハルトさん、スッキリしました。でも、それじゃあ帰れないですよ」

「ナイスよ！」

「ふむ。クズには丁度良い罰だな。ハルト、よくやった」

俺の三人への言葉に、フィーネ、アイリス、クゼルが満足げに頷く。

その後、俺の冒険者カードを見た受付嬢が顔を青ざめさせ、一生懸命に頭を下げて何度も謝罪してくるというハプニングがありつつも、俺たちは無事に大会出場の受付を済ませる。

大会には予定通りにフィーネ、アイリス、クゼルが個人戦。俺がフィーネたちと一緒に団体戦に出ることになった。

受付が済んだところで、受付嬢が詳しい説明をしてくれた。

「大会の開催日は今日から一週間後。といっても初日は皇帝陛下による開会宣言や予選のルールが説明されるだけで、予選自体は翌日からです。予選の期間は四日間で、一日空けて再び四日間を使い、本戦が開催されます。その後、再度一日空けて、団体戦が三日にわたり開催されます」

なるほど、結構長丁場だな。

受付嬢は話を続ける。

「その他、ルールについては、武器や魔法の使用は自由となっておりますが、相手を死に至らしめる魔法の使用は禁止されています。また、相手を殺してしまった場合、そのまま失格となり、処罰もあります。説明は以上になりますが、何か質問はありますか？」

特になかったので俺たちは首を横に振る。

「ではご武運を。それと先ほどの非礼、お許しいただきありがとうございます！」

「見た目で判断するのも程々にな」

深く頭を下げる受付嬢に俺はそう忠告し、冒険者ギルドを出ていくのだった。

「さて、大会出場の受付も済ませたし、どこか行きたいところはあるか？」

冒険者ギルドを出て早々、三人にそう尋ねる。

「ならハルトさん、観光していきませんか？」

「観光か……どこかそういうスポットはあるのかな？」

答えたのはフィーネではなくアイリスだった。

「闘技場を見に行ったらどう？　どの国よりも大きくて、美術的価値があると言われるほどよ。それに、大会の下見にもなるしね」

闘技場が美術的価値？　元の世界のローマにあるコロッセオ的な感じか？

もしかしなくても、帝都に着いた時からチラチラ見えていた城とはまた違う、大きな建物のことだろうか。

「アイリスがそこまで推すなら行ってみるか」

「ならハルト、早く行きましょう♪」

「お、おい、アイリス！」

俺はアイリスに手を引かれる。

「アイリスだけズルいですよ。ハルトさんの隣は私ですから！」

すると対抗するように、フィーネが逆の腕にしがみ付く。

柔らかい感触が俺の腕に当たって気持ちいいのだが、スキル無表情《ポーカーフェイス》を使って表情に出ないように努める。

闘技場へと向かう中、人が多く周りからの視線が突き刺さっているのに気付いた。

聴力を強化して聞き耳を立てる。

「チッ、死ねばいいのに」

「今すぐ爆発しやがれ」

「両手に華か……今すぐ爆《は》ぜろッ！」

や、やべぇ……

「二人とも、ちょっとは人目を気にしてくれないか？」

俺がそう言うと、フィーネとアイリスは一度周囲を見回して顔を赤くした。

「そ、そうですよね」

フィーネがしょぼんとしながら俺から離れた。

顔はいまだに赤いままだ。

だが、アイリスはどうしても離れなかった。

「あの～、アイリスさん？」

「どうしたのハルト？」

「なんで離れないんだ？」

「逆に聞くけど、なんで離れないといけないの？」

アイリスが不思議そうな顔で俺を見上げる。

「なんでって……」

「別にいいじゃない！　早く行くわよ！」

俺が答える前に、アイリスは俺の手を引く。

「アイリスだけズルいです！」

それを見て、フィーネが再度腕にしがみ付いてきた。

クゼルは相変わらず、面白そうに俺たちのことを見ているだけだ。

まあ、いいか。

やれやれと思いつつ、俺は闘技場に到着した。

「やっぱデカいな……」

俺は目の前の建物を見上げながら呟いた。

この大きさの建物なら、観客は二万人以上入るはずだ。

周囲には観光客がかなりいて、冒険者らしい恰好《かっこう》をした人もちらほら見かけた。

「なにボーッと見てるの！　早く行くわよ」

「そうだな」

「たしかにここで立っていても仕方ないですからね」

「中も気になるな」

アイリスに促され、俺たち三人は闘技場を見学していくのだった。

第2話　闘技大会開幕！

それから一週間が経ち、とうとう闘技大会の開会式の日になった。

この一週間、特にやることもなかったこともあり、俺たちはギルドで依頼を受けていた。

特訓を兼ねてもいたので、コンディションはばっちりだ。

開会式のために、出場者たちや観客が闘技場に集まる。

この闘技場は、中央のステージを囲うようにして、階段状の客席が配置されている。

まさにイメージしていたような闘技場のスタイルだった。

出場者がステージやその周りに集まってくると、全員にカードが渡された。

説明によれば、このカードには自身が出場する試合が表示される仕組みとなっているようだった。

ほどなくして、ガルジオ帝国皇帝らしき男が二階のテラスに現れた。

燃えるように真っ赤な短髪に、同じく真っ赤な瞳《ひとみ》。

見た感じは若く、まだ三十代前半ほどのようだ。

彼は闘技場の中に集う参加者たちを見回して、厳《おごそ》かに口を開いた。

「私はガルジオ帝国皇帝、オスカー・フォン・ガルジオだ。今回は我が国の闘技大会に集まってくれて感謝する。帝国は実力主義だ。力こそすべて、力ある者が絶対だ。この大会で勝利を勝ち取り、己の力を証明して見せろ！　私からは以上だ」

盛大な拍手と歓声が闘技場に響く。

そんな中、俺はあの男がこの国の皇帝であることに納得していた。

ガルジオ帝国は完全なる実力主義で、皇帝の座すら、継承権を持つ者たちが力でもって奪い合うという。

それを踏まえて皇帝を観察すると、ある程度離れているここからでも、猛者《もさ》の気配が伝わってきていたのだ。

歓声がおさまるまで手を振っていた皇帝は、悠々《ゆうゆう》と自分が座っていた席に戻った。

それから係の者によって、個人戦の説明が行なわれた。

一対一の個人戦を繰り返していては場所も時間もかかるため、一組十数名のブロックを作り、勝ち残った者が本戦に進出するという形になるそうだ。

ブロックの数は十六個で、一日四ブロックずつ試合が行なわれる。

そうして残った十六名で、本戦のトーナメントが行なわれるというわけだ。

本戦の四日間のうち、最初の二日は一回戦を四試合ずつ、三日目は二回戦、そして四日目に準決勝と決勝戦が行なわれる。

試合は明日からということで、宿に戻った俺たちは作戦会議を始めた。

予選のどのグループに自分がいるかは、受付に記載されていた。

「それで、三人はどのブロックなんだ？」

「私はAでした」

「私はCね！」

「私はEだな」

フィーネがA、アイリスはC、クゼルがEと。

うまく分かれたようだ。

フィーネとアイリスは明日、クゼルは明後日の試合か。

「分かれてよかったな。あとは本戦でどこで当たるか楽しみだ」

「はい！　沢山鍛えたんです、絶対に勝ち上がります！」

「フィーネ、気合入ってるわね。私も負けないから！」

「こっちこそ、アイリスには負けないですから！」

フィーネとアイリスが気合いを入れる横で、クゼルは腕を組んでいる。

「私は戦えればそれで満足だ」

クゼルはまあ、わかってたよ。うん。いつも通りだね。

翌日、昼前からAブロックの予選が開始された。

俺たちが観客席に座って待っていると、そこにアナウンスが流れる。

『さーて、いよいよ待ちに待った闘技大会です！　皆さん準備はいいですか⁉』

観客席から「うぉぉー！」と叫びが上がる。

『今大会の司会を務めさせていただきます、帝都冒険者ギルドのニーナです！　よろしくお願いしま～す！』

「「「ニーナちゃーーーーん！！！」」」

どうやら司会のニーナって子はかなりの人気者のようだ。

ファンらしき人たちがずっと叫んでいる。

『それでは予選Aブロックの注目選手のご紹介です！』

そう言って今大会の注目選手の名前を発表していくが、残念ながらフィーネは挙がっていない。

だが、注目されていないということは逆に、最初から標的にされる確率がかなり低いとも言えた。

ほどなくして、ステージに選手たちがゾロゾロと入場し始めた。

「ハルト！　フィーネを見つけたわ！」

「だな。まあフードを被ってるけど」

フィーネは目立ちたくはないのだろうか？

そんなことを考えていると、開始のゴングが鳴り響いた。

◇◇◇

ゴングが鳴った瞬間——否《いな》、フィーネはその前から既に、周囲を警戒していた。

自身より背丈が高く、力も強そうな者ばかり。攻撃を喰《く》らえばひとたまりもないだろう。

そんなことを考えながら彼女が身構えていると、囲うようにして数人の選手が近寄ってくる。

「お前、フードなんか被ってどうした？」

「……」

「まあいい、雑魚《ざこ》はさっさと退場してもらわないとなぁ！」

大柄な男がフィーネに向かって走り出し、得物《えもの》を振り下ろしたが——

「——消えた、だとっ⁉」

攻撃がフィーネに当たったかと思われた瞬間、その体が霧となって消えた。

これはフィーネが所有するユニークスキル、鏡花水月《きょうかすいげつ》によるもの。

一定の範囲内に精巧な幻影を生み出すという、強力なユニークスキルだ。

男たちが周囲を見渡すが、彼らの目にフィーネは映らない。

「あがっ⁉」

「うっ！」

だが次々と、フィーネを襲った選手たちが倒れ始める。

この異変に、司会のニーナもすぐに気付いた。

『おーっと！　フードをした選手を囲っていた選手たちが続々と倒れた！　一体何が起きているのか！』

その声によって、フィーネに会場中の注目が集まった。

少し離れたところで各々の戦闘をしていた他の選手も、フィーネの方に視線を送る。

しかし当のフィーネは、そんな視線はお構いなしに、敵を次々と倒していく。

（集中……もっと深く、さらに深く――）

フィーネは目をスッと細め、ふぅーと深く息を吐いた。

「さっさと退場しろ！」

男の振るった大剣がフィーネを斬《き》り裂《さ》いた。

しかしその直後、フィーネの姿は掻《か》き消《き》え、大剣を持った男はその場で昏倒《こんとう》する。

『な、何が起きている！　フードの選手が斬り裂かれたと思ったら消えた！　これは熱い展開になるかもしれません！』

ニーナが熱く実況している中、数十人いた参加者も、もう片手で数えられる程度になっていた。

すると、フィーネの前に一人の男が立《た》ち塞《ふさ》がった。

「私はAランク冒険者のシーザ。強者と見込んで手合わせを願います」

フィーネは男をじっと見つめる。

（Aランク冒険者、今の私で倒せるか……）

フィーネはそう思いつつも頭を振って、不安を捨て去った。

ここで初めてフィーネは口を開いた。

「……わかりました」

「女性の方でしたか……良ければお名前を聞かせていただいても？」

「フィーネと言います。あなたと同じ冒険者です」

「フィーネさん。覚えておきましょう」

シーザが言い終わるや、二人は剣を構え対峙《たいじ》した。

「行きます！」

シーザは一瞬でフィーネとの距離を詰め、剣を振り上げた。

しかしフィーネは微動だにしない。

（――動かないだと⁉　いや、こちらの動きを追えていないのか？）

シーザは剣を振り下ろしたが、斬り裂いたような手応えはまったくもって感じ取れない。

すぐに何が起きたか判断する。

「――後ろか！」

己の第六感のみで判断し、振り返り様《ざま》に剣を振るうが――

「それは幻ですよ」

「なにっ⁉」

突如《とつじょ》身体の横からかけられたフィーネの声に、シーザは身体を強張《こわば》らせる。

「終わりです！」

「まだだっ！」

フィーネの鋭い一撃。

しかしシーザは体を無理矢理捻《ひね》ることで、それを回避《かいひ》した。

不意打ちを避けられたことに驚くフィーネだったが、落ち着いて追撃を加えようと動く。

しかし当然、それにやられまいとシーザも動いていた。

「そんな攻撃でやられる私ではない！」

「くっ！」

攻撃を弾いて防戦一方となるフィーネに、シーザは告げる。

「守ってばかりでは意味がないですよ！」

フィーネは何も答えない。

数十の打ち合いの末、とうとうフィーネの体勢が崩れてしまう。

そのチャンスをシーザが見過ごすはずがなかった。

「これで終わりだ！」

シーザのとどめの一撃がフィーネに当たった瞬間――フィーネの姿は霧散《むさん》した。

「なっ⁉　いつの間に！　これも幻だったというのか⁉」

「はい。その通りです」

そんなフィーネの言葉を聞きながら、シーザの意識は暗転した。

『おーっと！　Aランク冒険者のシーザ選手が負けたぁ！　これは今大会のダークホースなのか⁉

彼女は一体何者なんだぁぁあ！　これは本戦が楽しみになってきました！』

その頃には他の参加者もほとんど立っておらず、満身創痍《まんしんそうい》で残る他の選手を、フィーネはあっさりと撃退していく。

こうしてフィーネは見事、Aブロック予選を勝ち抜いたのだった。

◇　◇　◇

俺、ハルトは客席に戻ってきたフィーネに労《ねぎら》いの声をかける。

「お疲れ様、フィーネ。とってもいい闘いだった。腕を上げたな」

「ありがとうございます！　でも、その……」

フィーネは辺りを見渡して、頬《ほお》を紅潮《こうちょう》させる。

さっき予選を突破した選手がいるのだ、目立つのも当然だ。

注目を浴びて恥ずかしいのだろう。

「心配要らないさ。本戦に出るんだ。胸を張れって」

「は、はい！　本戦でも頑張ります！」

フィーネは両手に握り拳を作ってそう言うのだった。


次のBブロック予選はグレントという剣士が勝利をおさめ、続けてCブロックの予選が始まる。

『さーて！　次の試合はCブロック！　このブロックでは誰が本戦出場を果たすのか⁉　もしかしたらAブロックのようなダークホースが現れるかもしれないよ～‼』

そしてとうとう、アイリスの出番がやってきた。

「行ってくるね、ハルト！」

「頑張ってこいよ」

「言われなくても、みんな私が倒してあげるわ！　ハルトから貰《もら》ったこの剣があるんだもの。負けるはずがないわ♪」

アイリスはそう言って鞘《さや》に納められた二振りの剣に手を添えた。

「ははっ、そうかそうか。なら思いっきり暴れてこい！　全員に目にもの見せてやれ」

「うん！」

アイリスは俺たちから離れ参加者の列に加わりに向かった。

『——長らくお待たせしました。Cブロックの開始です！　選手の皆さんは入場してください！』

今回も注目選手の紹介を終えると、続々と選手が入場していく。

まぁ、俺がステータスを確認した感じ、他の選手で脅威になりそうなやつはいない。

アイリスなら問題なくこの予選を抜けられるだろう。

もっとも、心配する必要はないとはいえ、応援はするつもりだ。それが仲間であり婚約者というものだから。

『それでは——試合開始!!』

ニーナの言葉で試合開始のゴングが鳴らされたのだった。

◇　◇　◇

ステージにゴングの音が鳴り響き、アイリスは周囲を見渡した。

フードもせずに素顔を晒《さら》すアイリスは、他の選手たちにとっては格好のカモに見えたのだろう。

選手たちがアイリスを囲む。

「へっへっへ、痛い思いしたくなかったら今すぐ棄権するんだな」

「俺たちは嬢ちゃんに怪我《けが》させたくない」

「それでも降参しないって言うなら……」

アイリスを囲む選手たちは自らの得物を構えた。

「こういうことだ。わかるよな？」

アイリスを囲む選手たちは笑っていた。

口では心配するような素振りを見せていても、弱いものから排除しようという意思が丸見えだった。

そんな男たちに、アイリスは余裕の笑みを浮かべたまま口を開いた。

「もちろんよ。私が勝ってあなたたちが負ける。そういうことでしょう？」

選手たちはアイリスの挑発に顔を赤くする。

「事実を言われて顔が真っ赤よ？」

「うるせぇ！　二度と剣を握れない体にしてやる！　やっちまうぞ！」

向かってくる相手に、アイリスは冷静に二振りの剣を抜いて構えた。

左手には魔剣トルトニス。右手には魔剣テンペスト。

アイリスが両方の剣に魔力を流すと、魔剣トルトニスはバチバチと音を立てて雷を、魔剣テンペストは渦巻く風を纏《まと》う。

「まさか魔剣、か？」

それを見た選手たちは攻撃するのを躊躇《ためら》い、足を止めた。

「マジかよ……」

「しかも尋常じゃない力を感じるぞ、アレ」

そう言葉を交わす男たちに隙《すき》ができたのを見て、アイリスは前方に踏み出した。

男たちは咄嗟《とっさ》に剣を振るったが、そんな剣がアイリスに当たるはずもなく――

「遅いわ」

「なにっ⁉」

アイリスは華麗《かれい》に回避し、一瞬で男の背後を取った。

そのまま魔剣テンペストを振るうと暴風が吹き荒れ、数人がステージの外に吹き飛ばされた。

「相手が悪かったわね」

「な――」

続けて魔剣トルトニスを振るい、吹き飛ばされなかった数名をまとめて気絶させる。

そうこうしているうちに、ステージに立つのは残り数名となっていた。

司会のニーナが驚きの声を上げる。

『あの少女は一体何者なんだ!! 果たしてCブロックのダークホースとなるのか!? おーっと、ここで少女の情報が入ってきました！』

ニーナは大会の係員から用紙を受け取ると、その情報を読み上げた。

『なんと少女の正体は――ペルディス王国第一王女、アイリス王女殿下《でんか》です！』

その用紙には、皇帝であるオスカー・フォン・ガルジオからの情報が記載されていた。

アイリスの正体に、会場の至るところから驚きの声が上がる。

一国の王女がこのような大会に出てくるなど、観客の誰も予想していなかったのである。

それは闘技場のステージに残っている選手も同じであった。

『まだあります！』

そう言ってニーナは続ける。

『アイリス王女は、「魔王」や「殲滅者《せんめつしゃ》」といった二つ名で知られ、史上最強とも謳《うた》われるEXランク冒険者ハルトと共に行動をしていたようです！　ちなみに、私ニーナはハルト様の大ファンです！』

その情報で、会場のどよめきはさらに大きくなる。

そんな中、一人の選手がアイリスに近付き声をかけた。

「アイリス王女殿下」

「ん？」

「私と手合わせをお願いしたい」

そう申し出たのは、一人の男。

アイリスはそれにあっさりと頷く。

「いいわよ」

「ありがたき幸せ。私はファルンと言います。こう見えてAランク冒険者をやっている者です」

「そう。知っていると思うけどアイリスよ」

お互い剣を構えて対峙する。

「では——行きます！」

ファルンはアイリスに接近する。

アイリスとの距離、数メトルを一気に詰めるファルン。

アイリスを自らの間合いに捉えたファルンは剣を振り下ろしたが、アイリスはその動きを見切っている。

「ぐっ！」

あっさりと魔剣トルトニスで防ぎ、もう片方の手に持つ魔剣テンペストで薙《な》ぎ払《はら》った。

ファルンは吹き飛ばされるも、ステージギリギリのところで耐え、場外はまぬがれる。

そして顔を上げてアイリスの姿を確認し――見失った。

「消えただと!?」

「違うわね。消えたんじゃない。あなたでは私の動きが捉えられなかっただけよ」

その声と共に、アイリスがファルンの目の前でしゃがんでいた。

ファルンは逃げようとするが、時すでに遅し。

アイリスの振るう魔剣によって弾き飛ばされて、今度こそ場外となった。

それから残りの選手を倒したアイリスは、難なくCブロック予選突破を成したのだった。

◇　◇　◇

その日の晩。

「フィーネ、アイリス。予選突破おめでとう」

「「「「おめでとう！」」」」

俺、晴人はもちろんのこと、クゼル、エフィル、鈴乃、アーシャも、予選突破したフィーネとアイリスを祝う。

ゼロもぱちぱちと拍手していた。

「二人ともよくやったな。アイリスはディランさんに自慢できるな」

「そうですよアイリス様！　凄いです！」

そう言った俺とアーシャに対して、アイリスは首を横に振った。

「まだよ。目指すは優勝あるのみ！」

「それだけは私だって譲《ゆず》れません！」

フィーネも優勝を狙っているようだ。

それもそうか。本戦に出るんだから目指すは優勝だよな。

「後は明日のクゼルだが――まあ、大丈夫か」

「なんだその言い方は。私だって応援くらいしてほしいぞ？」

「クゼル、心配ないと思うが頑張れよ。お前の実力は誰よりも評価しているつもりではいる」

「そこまで言われると照れるが、任せろ！　明日が楽しみだ。どんな強者がいるのだろうか……」

頬を染めるクゼルは、明日の試合に想いを馳《は》せているようだ。

ダメだコイツ……もう病気だ。いや、元からか。

相変わらずのクゼルを見て、俺たちは笑うのだった。

第3話　予選二日目

そして翌日。

朝早くから、クゼルが出場するEブロックの予選が始まった。

開始と同時にクゼルを囲む筋骨隆々《きんこつりゅうりゅう》の選手たち。

昨日と似たような光景だ。

まぁ、女性参加者が少ないようだから、こうなるのも当然ではあるか。

「クゼルさん、勝てますよね？」

「当たり前だ。クゼルがあの程度の奴らに負けるはずがないからな」

そんなフィーネの呟きに俺はそう返した。

どうもフラグに聞こえてしまいそうだが、クゼルのレベルは高いから問題ない。

俺たちはステージ上に視線を向けるのだった。

◇◇◇

クゼルを囲む選手の一人が、ニヤニヤしながら口を開く。

「へっへっ。嬢ちゃん、痛い目見たくなければ――ふぐぅぅぅぅっ!?」

次の瞬間には男が吹き飛び、そのまま闘技場の壁にめり込んだ。

「……は？」

そんな間抜けな声が、クゼルを囲んでいた男たちから上がる。

何が起きたのか？

その答えは単純だ。

クゼルが男の懐《ふところ》に入り込み、蹴《け》り飛《と》ばしただけである。

男たちはクゼルの動きが見えていなかっただけのこと。

「おい、他に強いやつはいないのか？　こんなヤツらでは足りないぞ！」

そんなクゼルの声に、男たちは一歩、また一歩と後ずさった。

「ふむ」

そんな選手たちを見て頷いたクゼルは剣を抜いて――消えた。

次の瞬間、クゼルを囲んでいた選手たちが場外に吹き飛ばされる。

『おーっと！　一体何が起きた!?　彼女は何者だぁあ!?』

ニーナがクゼルの暴れっぷりに注目した。

するとまたしても、係員から用紙を手渡されるニーナ。

『えー、ただいま入った情報によりますと――えっ!?　なんと彼女は、あの「鮮血姫《スカーレットプリンセス》」だぁぁぁあ！』

ニーナの情報に会場が沸いた。

『グリセント王国史上最年少で騎士団副団長になったクゼル選手。彼女が現れた戦場は血で染まることから、付けられた二つ名っ！　それが鮮血姫《スカーレットプリンセス》！　この大会も、血で染まってしまうのかぁぁぁああ!?』

再び会場が歓声に包まれる。

しかし当のクゼルは、その盛り上がりには特に興味を示さない。

「強いヤツはいないのか!!」

そう叫びながら次々と敵を倒していき、ついにはステージ上に立つのは二人のみとなった。

一人はクゼル。もう一人はレイピアを持った、クゼルと同年代の女性だった。

「レインです」

「クゼルだ」

ただそれだけ口にして、二人は無言になり——お互いに駆け出した。

互いの間合いに入った瞬間、レインから鋭い一撃がクゼルに向けて放たれる。

クゼルがレインの放った一撃をあっさりと躱《かわ》すと、それでもレインは鋭く洗練された突きを何度も放つ。

しかしクゼルもやられるばかりではない。

連撃を冷静に捌《さば》きつつ、隙を突いて反撃を挟んでいく。

数分間、剣の応酬が繰り広げられる。

その緊張感に会場は静まり返り、司会者であるニーナですら実況をせずに見入っていた。

だがその時間も永遠には続かなかった。

クゼルはレインの攻撃を避けながら後退することで、間合いから脱出する。

「逃がしません！」

クゼルを逃がすまいと、さらに踏み込むレイン。

その瞬間レインは、クゼルの口元が吊《つ》り上《あ》がったのを見た。

そして気付いた。それが罠《わな》であったことに。

レインは急いで後退してクゼルから距離を取ろうとしたが、もう遅かった。

「逃がさん」

クゼルが一瞬の加速でレインの間合いに入り込む。

「――くっ、アースウォールッ！」

レインは土魔法を発動して、クゼルとの間に壁を作り出した。

「邪魔だ！」

しかしクゼルは驚いた様子も見せず、腕力を上げるスキル豪腕を発動して、剣を握っていない腕で壁を殴り壊した。

「ウソっ⁉　素手で壊した⁉」

レインは壁を壊して現れたクゼルに驚きつつも、間合いに入り込んできた彼女に向かってレイピアの突きを放つ。

クゼルはそれに臆《おく》することなく、わずかに首を傾け、頬にかすり傷を作りながらさらに突き進む。

「くっ！」

迫り来るクゼルを見て苦悶《くもん》の声を漏らすレイン。

クゼルはそんな彼女に向かって、逆袈裟《ぎゃくけさ》に剣を振り上げる。

レインは体勢を崩しつつ、バックステップで攻撃を躱すが――

「これで終わりだ！」

クゼルはその隙を逃すまいと、レインの腹を目掛けて回し蹴りを放った。

「がぁっ!!」

クゼルの蹴りをもろに食らったレインは水平に吹き飛び、そのまま壁に衝突し気絶した。

ステージに残るはクゼルただ一人。

こうしてクゼルも、無事に本戦への出場を決めるのだった。

◇◇◇

「やっぱりクゼルさんは凄いですね」

「……まさかレイピアの連撃に自分から突っ込むなんてね」

そう言ったのはフィーネとアイリスだ。

二人の言葉に、俺、晴人も頷く。

たしかにあのレイピアでの連撃の中に突っ込むとは思いもしなかった。

できない芸当ではないが、無理してやろうとは思わない。

「アイリス様の移動速度も中々だと思いますけど？」

「何言ってるのアーシャ。私にはあんな勇気ないわ」

アーシャにそう返すアイリスだったが、そこに鈴乃とエフィルが加わる。

「たしかにクゼルさんは凄いよね。さすがAランク冒険者だよ」

「クゼルさんとの訓練は勉強になりますから、また教えてもらうことにします！」

みんながクゼルの戦闘技術に関して高い評価をしていた。

クゼルの試合は終了したが、残りの試合も見ていくことにする。

その中でも一際目立っていたのは、ファンスというSランク冒険者だった。

Sランク冒険者は、ペルディス王国で出会ったダインとノーバン、ランゼ以外に見るのは初めてだ。

ファンスは得物である槍《やり》を振り回しつつ、魔法も駆使して他の参加者を蹂躙《じゅうりん》していた。

恐ろしく強い男だ。

そんなこんなですべての試合を見終えた俺たちは、宿でクゼルの本戦出場祝いを行なう。

こうしてフィーネ、アイリス、クゼルの三人は無事、本戦出場が決まったのであった。

翌日、翌々日は一応残りの予選を観戦し、全ての試合が終わった更に翌日、個人戦本戦のトーナメントが発表された。

「どうやら一回戦では皆さんとは当たらなそうですね」

「フィーネとアイリスは勝ち進めば当たることになるな」

フィーネとクゼルが、そんな言葉を交わす。

二人とも一回戦を勝ち進めればという仮定ではあるが、可能性はゼロではない。

それにいずれにしても、三人ともが勝ち進めばどこかで当たるのは一緒だ。

まぁ、団体戦もあるので無茶はしないでほしいところだが。

「さて、トーナメントも確認したし、今日はこの後何するか……試合も何もないから、ギルドに依頼でも受けに行くか？　それか自由行動でも構わないが」

「そうですね。私は依頼を受けに行こうかと」

「私もフィーネに付いていくわ」

「私もだ。体を動かしたい」

フィーネ、アイリス、クゼルは依頼を受けるようだ。

ここのところ、フィーネはランクを上げたいと思っているのか、依頼などを受けるのに積極的だ。

フィーネもアイリスも、実力はAランクに届くと保証できるくらいだからな、どこかのタイミングで昇格に挑戦してもいいかもしれない。

と、そこで俺は他の四人に向き直る。

「鈴乃たちは？」

「私は晴人くんと一緒でいいかな」

「私もです。特にやりたいことはないので」

鈴乃とエフィルがそう答えてくれた。

「アーシャは——ってアイリスに付いていくよな」

「はい」

そうなると、フィーネ、アイリス、クゼル、アーシャでの行動か。

万が一ということはないだろうが、俺が同行できないのはやや不安だ。

そう思っていると、ゼロがある提案を口にする。

「ハルト様、ここは私が付いていきましょう」

「いいのか？」

「はい。お任せください」

「そうか。なら頼んだ」

「かしこまりました」

こうして二手に分かれることになった。

闘技場を出たところでフィーネたちと別れ、俺たちはまだ観光していない街中を見て回ることにした。

俺、鈴乃、エフィルはまず、広場に向かった。

現在は大会が開催されているからか、屋台など多くが出店されている。

漂ってくる香りに、ぎゅるる～っと腹の音が鳴った。

「食うか！」

「うん！」

「はい！」

元気よく頷く鈴乃とエフィル。

そうして俺たちは様々な屋台の食べ物を食って回ることにした。

フィーネたちの分も一緒に買って、俺の異空間収納に入れておく。時間も停止できるから、できたての状態で保存できるのだ。

買い食いの途中、帝都名物のガルジオ焼きというのを見つけた。

お好み焼きみたいな食べ物だったのだが、残念だったのはこの世界にソースがなかったことだ。

醤油《しょうゆ》はバッカス商会で売っていたが、慣れ親しんだお好み焼き用のソースは見つけていない。

「ソースが欲しい……」

「だよね……」

俺の言葉に鈴乃が同意した。

どうやら思っていることは同じようだ。

ガルジオ焼きにかかっているのは、サッパリしたソースであった。

まぁ、悪くはないんだけどな。

「マヨネーズは作ってあるんだが……」

「そういえばあったよね、マヨネーズ」

ただこのソースには合わないよな。

ちょっぴり残念な気分になりつつ、しかし他にも美味しい料理はあったので、散策を楽しむことにした俺たち。

日が暮れ始めたところで宿に戻り部屋で駄弁《だべ》っていると、フィーネたちが帰ってきた。

「おかえり、みんな」

「ハルトさん、ただいま戻りました」

「お疲れ様、お土産《みやげ》があるぞ」

「なになに？」

アイリスが顔を近付けてきて、目をキラキラと輝かせる。

フィーネにクゼル、アーシャも興味があるようだ。

「そうだ、みんなはもうご飯は済ませたか？」

俺の質問に、五人とも首を横に振って食べてないと言う。

「それならよかった」

俺はそう言って、異空間収納から屋台などで買った料理を取り出した。

料理から湯気が立ち、匂《にお》いが部屋に充満する。

「これだ。俺たちは買い食いでお腹一杯でな。これはみんなの分だから食べてくれ」

「ありがとうございます！」

「やったぁぁあ！」

「これは助かる。腹が減っていたところだ」

「これはご馳走《ちそう》ですね……」

フィーネにアイリス、クゼル、アーシャが各々にお礼を言って食べ始めた。

俺は食べようとしないゼロにも声をかける。

「ゼロも食べてくれ。お前の分もあるんだから」

「いいのですか？」

「ああ、気にせず食べてくれ」

「ありがとうございます。それでは」

そう言ってゼロも食べ始めるのだった。

第4話　個人戦本戦——フィーネ、アイリスの戦い

次の日、本戦当日。

今日の初戦はフィーネの出番だ。

隣に立つフィーネを見ると、昨夜トーナメント表は確認していたものの、大分緊張しているようだった。

「フィーネ、大丈夫か？」

「はい、ですが対戦相手が……」

「ああ、強敵だな」

「はい……」

フィーネの対戦相手は、レイドという男だ。

帝国近衛隊の中には『七人の皇帝守護騎士《セブンスロイヤルガード》』と呼ばれる、皇帝を守護する騎士がいる。

近衛隊の隊長でもあるレイドはそのうちの一人で、長剣の使い手であり、実力はSランク冒険者に匹敵すると言われているそうだ。

フィーネには厳しい戦いになるだろう。

「フィーネなら勝てるわよ！」

「アイリス……私、頑張ります！」

「その調子よ♪」

励ますアイリスの横で、クゼルも頷いている。

「フィーネ、頑張るのだぞ」

「クゼルさんもありがとうございます！　みっともない闘いはしないようにします！」

フィーネは強く頷き、そのまま待合室に向かおうとする。

「フィーネ、相手は強い。全力で当たってこい」

「ハルトさん……はい！　胸を借りるつもりで闘ってきます！」

俺の言葉にフィーネは元気よく答えた。

それから俺たちも観客席に向かい、試合開始を待つのだった。

◇　◇　◇

『さーて、いよいよ始まりました！　闘技大会個人戦本戦、一回戦の開始です！　これより始まる第一試合に出場するのは、洗練された氷魔法と見事な剣技を見せる「氷結姫《ひょうけつき》」――フィーネ選手だぁぁあ！』

本日も絶好調のニーナの実況によって会場が沸き上がる。

そして、フィーネの二つ名が決まった瞬間でもあった。

フィーネは入場しながらも、二つ名が決まった恥ずかしさで顔を赤らめていた。

「ひょ、氷結姫って……私、姫じゃないですよ……」

続いてニーナはレイドの実況に移る。

『続いて、圧倒的な強さで予選を突破した、我ら帝国が誇る「七人の皇帝守護騎士《セブンスロイヤルガード》」の一人――レイド・ザハーク選手の入場だぁぁぁぁ!!』

実況の声を合図に、三十代前半の軽装備姿の男が入場する。

ステージ中央で挨拶《あいさつ》を交わした二人は、やや離れて対峙し、武器を構えた。

『レイド選手の実力はSランク冒険者に匹敵するとも言われています！　果たしてフィーネ選手がどう戦うのか見所です！　それでは――試合開始ッ!!』

ゴングの音が鳴り響くのと同時に、フィーネは身体強化を使いながらレイドに詰め寄った。

「悪くないスピードだ。だが」

レイドは接近したフィーネを見てそう呟き、剣を薙ぐ。

「ぐっ、ち、力が強い……ッ！」

何とか刀で防いだフィーネだったが、受けきれずに吹き飛ばされた。

フィーネは空中で体勢を整え、そのまま魔法を行使する。

「――アイスランス！」

「甘いッ！　――ファイヤーランス！」

フィーネから放たれた魔法はレイドの放った魔法によって相殺《そうさい》される。

そしてフィーネが着地する瞬間を狙っていたレイドは、一瞬で距離を縮めて剣を振るった。

「いきなりで悪いが、これで終わりだ」

レイドの剣は着地したフィーネを斬り裂いた――が、フィーネの姿は霧散する。

「なにっ!?」

フィーネのユニークスキル鏡花水月の効果である。

そのままレイドの背後から斬りかかろうとしたフィーネだったが……

「そこか！」

気配を感じ取ったレイドは振り返り様に剣を振るうことで、フィーネからの攻撃を弾いた。

再び二人は距離を取って睨《にら》み合《あ》う。

「やるではないか」

「ありがとうございます。これでも厳しい訓練をしましたから」

「そうか。それに、今のはユニークスキルか……」

フィーネは答えないが、レイドは沈黙を肯定として受け取った。

「なら、全力でやらせてもらおう——行くぞ！」

その瞬間、フィーネの視界に映るレイドの体がブレる。

「ッ⁉」

気配察知が反応し、すぐさま後方へ距離を取ろうとしたフィーネ。

しかし既にレイドは接近してきており、振るわれた剣にギリギリで反応して防御するのが精一杯だった。

「ぐっ！」

フィーネは威力を抑えきれずに地面を転がる。

レイドは転がるフィーネに接近して剣を振るったが、またしてもフィーネの姿は霧散した。

フィーネはギリギリの所で鏡花水月を発動させたのだ。

「厄介なスキルだ……」

そう呟くレイドの背後に移動したフィーネは、地面に手のひらをつく。

「――フローズン！」

するとレイドに迫るかのようにして、地面が凍りついていく。

「小癪《こしゃく》な――ファイヤーウェイブ！」

レイドの放ったファイヤーウェイブにより、フローズンはあっさり消滅した。

しかしフィーネはそれも織り込み済みで、既にレイドに向かって駆けていた。

「速いがそれだけだ」

だが、それもレイドは読んでいた。

レイドの長剣に炎が宿る。

烈火《れっか》のごとく燃え盛る炎を前に、フィーネは冷や汗を流す。

レイドが持つ長剣は魔剣だ。

名を――『魔剣フラマ』。

炎魔法の威力が増大する剣である。

「ならこちらも！」

フィーネの声に応えるように、氷魔法強化の能力を持つフィーネの愛刀、『幻刀水月《げんとうすいげつ》』の刀身に氷が纏わりつき、周囲に冷気を発する。

「その変わった剣、私と同じ魔剣の類か！」

「ええ。では、行きます！」

フィーネは自分の体力的に、これが最後の一撃になると思っていた。

この交錯《こうさく》の後、万が一立ち上がれたとしても、ほとんど魔法を使えなくなっているだろうし、そうなれば負けたも同然。

そのためフィーネはこの一撃にすべてを懸《か》けることにする。

まずは身体強化を全力で発動。さらに続けて、使用後の疲労感と引き換えに高い集中力を得るスキル、明鏡止水《めいきょうしすい》を発動する。

「――ファイヤーランス！」

レイドが唱えると空中にいくつもの炎の槍が生み出され、フィーネ目掛けて放たれた。

「――ブリザード！」

「そんなもので――」

そこでフィーネは続けざまにもう一つの魔法を発動した。

「――ウォーターウェイブ！」

「――なっ!?　二属性使いか！」

『おっとぉぉお！　ここでまさかの事実が判明した！　フィーネ選手は二属性使いのようだぁぁあ！』

驚くレイドと、まさかの事実に興奮しながら実況するニーナ。

ステージ上が吹雪になると同時に、押し寄せる波。

咄嗟に発動したレイドのファイヤーランスは氷漬けにされて地に落ちる。

「まだです！　――永久凍土《ツンドラ》！」

フィーネが放ったその魔法は、晴人が直接教えたものだった。

周囲一体を凍り付かせるブリザードの上位互換のその魔法は、刀との相乗効果もあってかなり強力なものになっている。

一瞬にしてウォーターウェイブが凍り付き、レイドの足も徐々に凍り付き始めた。

「チッ、厄介な！」

「もらいました！」

レイドの視界が吹雪で遮《さえぎ》られ、フィーネの姿を見失う。

「そこか！」

気配を感じ取ったレイドが振り返り様に魔剣フラマで薙ぎ払うも、肝心のフィーネの姿は霧となって消えた。

剣を振るった隙を狙うようにフィーネは刀を突き入れるが、それに気付いていたレイドはあっさりとその攻撃を弾く。

レイドの口元に笑みが浮かんだ。

「まだ甘い、な――炎覇《えんは》！」

その瞬間、レイドの全身から炎が吹き上がり、吹雪を掻き消す。

炎はさらに勢いを増し、地面の氷をも溶かしていく。

なおも勢いは収まらず、そのままフィーネへと迫る炎。

「くっ！　――アイスウォール！」

フィーネは氷の壁を作ったが、熱によってあっさりと溶かされ、そのまま炎を喰らってしまった。

咄嗟に全身に水を纏わせることでダメージ軽減を図ったフィーネだったが……

炎が過ぎ去ったそこには、ボロボロになりながらも刀を地面に突き刺し、片膝《かたひざ》を突くフィーネの姿があった。

全身いたるところに火傷《やけど》を負っている。

「うっ、くっ……」

フィーネは痛みで震えながらも、ゆっくりと立ち上がって剣を構えようとする……が、腕が上がらない。

まさに満身創痍《まんしんそうい》だ。

「お前の負けだ。降参するか？」

「――ッ！」

レイドに剣を突きつけられ、息を呑むフィーネ。

レイドの剣の切っ先が、鈍く光る。

「こう、さんです……」

フィーネは刀から手を放し、負けを認めた。

『フィーネ選手の降参によりレイド選手の勝利‼　なんという激しい戦いだったのでしょうか！』

興奮が収まらないニーナの実況が闘技場全体に響く。

レイドはフィーネに右手を差し出す。

「見事な闘いぶりだった。まさか私があれほど驚かされ、アレを使う羽目になるとは……本当にいい闘いだったよ、ありがとう」

「いえ、こちらこそ。色々と学ばせていただきました」

こうして二人は握手を交わし、ステージを後にするのであった。

◇　◇　◇

戻ってきたフィーネを、俺、晴人を始めとして仲間たちは暖かく出迎えた。

「フィーネ、強敵を相手によく頑張った」

「あんなに戦えるなんて凄いわよ！」

「そうだな。私から見てもヤツは強敵だ。それを相手によく健闘した」

俺、アイリス、クゼルと他のみんなもフィーネに労《ねぎら》いの言葉をかけた。

フィーネの目には涙が溜《た》まっていた。

「うっ、うぐっ……私、悔しい、です……」

「フィーネは頑張ったさ。それは誰よりも俺たちが一番理解している」

「……はい」

余程悔しかったのだろう。フィーネは俺に抱き着き、嗚咽《おえつ》と共に涙を零すのだった。

それからしばらくそうしていると、フィーネは落ち着いたのか、照れた様子で笑いながら俺から離れていった。

それと同時に、アイリスの出番がやってくる。

「アイリス、俺が言いたいのは一つだけだ。全力でぶつかってこい！」

「わかってるわ！　ここで勝って、皆を驚かせてやるんだから！」

「おう、その意気だ！」

俺たちは控え室に行くアイリスを見送り席に戻る。

『皆様、大変長らくお待たせしました！　本戦二戦目の始まりです！　一戦目のレイド選手対フィーネ選手の白熱した戦い！　今回の選手はどのような試合を私たちに見せてくれるのか、期待が高まります！』

ニーナは未だ興奮冷めやらぬといった様子だな。

『それでは選手の入場です！　雷のような速度で移動し、暴風のような攻撃で数々の猛者を圧倒！　ペルディス王国第一王女ながら、二振りの魔剣を振るうことから付いた二つ名は「雷切《らいきり》」――アイリス選手の登場だぁぁぁぁぁあ！』

歓声と拍手と共にアイリスが入場するのが見える。

さて、アイリスは勝てるだろうか？

◇　◇　◇

「そんな二つ名が付いていたのね。まあ悪くないわ♪」

ニーナの実況を聞き、ふふん、とアイリスは満足そうな顔をする。

そこにニーナがアイリスの対戦相手となる選手の紹介を始めた。

『続きまして、数々の戦場を潜り抜け、数多《あまた》の猛者を打倒した強者！　その防御を突破した者はいない最強の傭兵《ようへい》！「鉄壁」こと、ハガナー選手の入場だぁぁぁぁあ！』

重厚そうな二つ名の割に軽装なハガナーが入場する。

アイリスとハガナーはステージの中央で対峙した。

先に口を開いたのはハガナーだった。

「ペルディスの姫君、手加減はできないが？」

「問題ないわ。こっちも手加減はできないわよ？」

そんなアイリスの言葉にハガナーは笑う。

「ふっ、望むところだ。それでは楽しみましょうか、アイリス王女殿下」

二人が立ち位置に着き、武器を構えた。

「それでは――試合開始！」

ゴングが鳴り響き試合が始まった。

それと同時、アイリスは高速移動のスキル縮地を使い、一瞬でハガナーの目の前に移動していた。

『アイリス選手速い！　電光石火とはまさにこのことかっ！』

ニーナの実況は二人の耳には届いていない。

アイリスが魔剣テンペストを振るい、それを受けるようにしてハガナーが構えた武器は、身の丈ほどの盾であった。

「そんな盾、真っ二つにしてあげる！」

言葉と共に振り下ろされた魔剣テンペストはあっさり弾かれてしまったが、アイリスは焦ることなく、もう片方の手に握った魔剣トルトニスで、空いている場所に素早く斬り込んだ。

「――ッ!?」

しかしその直後、アイリスは驚きの表情を浮かべる。

魔剣トルトニスが、ハガナーの持つもう一つの小ぶりな盾によって防がれたのだ。

「盾が一つだけだと誰が言った？」

ハガナーは魔剣を弾き、盾を持ったまま殴りかかる。

しかしアイリスは、そのまま吹き飛ばされる勢いに任せて後ろに後退した。

両者が再び対峙する。

「動きは速いが、攻撃は軽いな」

「くっ」

「さて、そろそろこちらも攻撃をさせてもらおうか」

「あら、盾なんかで攻撃できるのかしら？　まあ、そもそも攻撃する暇は与えないけどね！」

アイリスが走りハガナーに接近する。

ハガナーを間合いに捉え――その瞬間、アイリスは直感でその場にしゃがみ込んだ。

すると、アイリスの頭上を何かが通り過ぎた。

「ほう、避けたか。だが……」

ハガナーの言葉で我に返ったアイリスは、影が差したことに気付いて咄嗟に魔剣を頭上でクロスした。

瞬間、上からの大きな衝撃がアイリスを襲う。

「これを受け止めるとはな」

「うっ、ぐっ……何が」

そう言って顔を上げるアイリス。

そこにあったのは大きな大剣であった。

（どこから大剣が？　そんなもの持っていなかったはず……）

アイリスは疑問に思うものの、すぐにハガナーが装備していた盾が見当たらないことに気付く。

「まさか……」

「わかったか。そう、これは先ほどの盾を変形させた大剣だ」

「そ、そんなの見たことないわ……」

「当たり前だ。これは特注で作ったからな」

ハガナーは無防備なアイリスの胴体に蹴りを入れる。

「カハッ！」

アイリスは肺の中の空気を吐き出しながら地面を転がった。

「女は斬りたくない。降参するか？」

「うっ、ぐぅぅ……」

しかしアイリスはハガナーの問いには答えず、魔剣を杖《つえ》代わりにして立ち上がる。

「……しないわよ。そっちが見せてくれたのだから、こっちもいいものを見せてあげるわ」

「ほほう？」

笑みを浮かべたアイリスに、ハガナーも口元を吊り上げる。

「いくわよ——解放」

その瞬間、アイリスの全身から雷がバチバチと放電し始め——アイリスは動いた。

アイリスが通った跡には雷の軌跡が残る。

ハガナーはアイリスの動きを最後まで捉えることができなかった。

「なっ⁉」

驚くハガナーの背後に回ったアイリスは、魔剣テンペストを振るう。

魔剣テンペストに風が纏わりついているのを見て、ハガナーは一瞬で大剣を盾に変えて構えた。

「ググググッ！」

しかし魔剣テンペストの威力は凄まじく、ハガナーは数メトル後方まで、地面に足の痕《あと》を残しながらズズズーッと後退させられる。

「なんという威力だ……体勢が整わないまま当たっていたら、一発退場もありえたな」

ハガナーは一撃の重さに驚愕《きょうがく》しつつ、さっきまで自分が立っていたあたりに改めて視線を向けるが——既にそこに、アイリスの姿はなかった。

「しまった！　クソッ」

アイリスは間髪《かんはつ》容《い》れず、身を低くしてハガナーに迫っていたのだ。

「喰らえ！」

気付いたハガナーが再び盾を構え、カウンター気味に押し出すが、アイリスはあっさりとそれを躱す。

そしてそのままハガナーの背後まで回り込むと、両手の剣を振りかぶった。

しかしハガナーは伝説の傭兵と呼ばれるに相応しい反応速度で、盾を大剣に変形させつつ、振り返りながら振るう。

　ガンッという大きな音を立てて、魔剣テンペストと魔剣トルトニスが大剣とぶつかった。

「なっ⁉」

　その声はアイリスのものだった。

　まさかこの速度に付いてこられるとは思っていなかったのだ。

　ぶつかり合った際の衝撃に耐えられず、魔剣テンペストと魔剣トルトニスはアイリスの手から離れ宙を舞い、そのまま闘技場の地面に突き刺さった。

　そしてアイリスに突きつけられる、大剣の切っ先。

　アイリスの額からツーッと冷や汗が流れ落ち、ハガナーが笑みを浮かべた。

「俺の勝ちだな」

「……私の負けね」

　アイリスの降参によって試合は終了した。

　静まり返る闘技場に、ニーナによる試合終了の合図が響き渡る。

『し、試合終了～～‼　最後の最後でアイリス選手の剣が弾かれた！　勝者は――ハガナー選手に決まったぁぁあ！』

　一拍置いて、客席から大歓声が響き渡る。

誰もが二人の闘いに見入っていたのだ。

ハガナーは握り拳を掲げて、歓声に応えている。

「負けちゃったかぁ〜……」

ハガナーがアイリスのそんな声に振り返った。

そのままアイリスに近付き、次の瞬間には片膝を突いた。

「アイリス王女殿下、数々の御無礼お許しください。ですが見事な闘いぶりでありました。この私の守りを抜かれたのは久しぶりでした」

礼儀正しく頭を下げるハガナーに、アイリスが手を差し伸べた。

「少し戦い方がわかった気がするわ。ありがとう」

「ありがとうございます。王女でありながらあそこまでの戦闘力、感服いたしました」

ハガナーは差し伸べられた手を取り立ち上がる。

こうして二人の試合は幕を閉じたのであった。

その日の夜。

寝床に忍び込んできて泣くアイリスを、晴人が慰《なぐさ》めたのは言うまでもない。

第5話　個人戦本戦――クゼルの戦い

今日は本戦二日目、クゼルの試合当日だ。

俺、晴人はみんなと一緒に、選手控え室に向かおうとするクゼルを激励《げきれい》していた。

「クゼル、気分の方はどうだ？　不安はあるか？」

「問題ない。むしろ楽しみすぎて落ち着かないくらいだ。しかも相手があのSランク冒険者ときた。相手に不足はない」

いつも通りだな、これならそこまで心配しなくても大丈夫そうだ。

他の面々も同じことを思っていたのか、その表情からはクゼルのことを心配しているようには見えなかった。

「負けるかもしれないが、ゼロとハルトによって鍛えられた日々の成果、存分に見せようではないか」

「存分に暴れてこい」

「クゼル様、応援しております」

俺とゼロの応援に続いて、フィーネたちも激励の言葉をかける。

クゼルは一言「ああ」と頷き、選手控室に向かった。

俺たちも観客席の方に移動し試合開始を待つ。

「クゼルさんは心配しなくて大丈夫そうですね」

「うんうん。やっぱりフィーネもそう思うわよね」

「クゼルさん、いつも以上に楽しそうだったしね」

そう言うのはフィーネとアイリス、鈴乃の三名。

エフィルやアーシャも同意するようにうんうんと頷いている。

ほどなくしてニーナによる選手紹介が始まった。

『さーて始まりました、個人戦本戦の二日目です。皆さんは昨夜はよく眠れましたか？　私は楽しみすぎて寝不足です！　ですがその眠気も、これから始まる試合で吹き飛ぶこと間違いないでしょう！　それではご登場いただきましょう！　「鮮血姫《スカーレットプリンセス》」の二つ名を持つAランク冒険者クゼル選手、そして「雷影《らいえい》」の二つ名を持つSランク冒険者ファンス選手だぁぁぁぁぁあ！』

ニーナの選手紹介とともに、両サイドのゲートからクゼルとファンスが姿を現した。

俺はファンスのステータスを確認する。

名前　：ファンス
レベル：97
年齢　：32
種族　：人間
ユニークスキル：幻影
スキル：槍術Lv8　雷魔法Lv7　身体強化Lv8　危機察知　瞬力Lv6　豪腕Lv7
強靭《きょうじん》Lv7　威圧Lv7　気配察知　闘気　縮地Lv5
称号　：Sランク冒険者　雷影

なるほど。レベルが高いのはわかっていたが、それよりも強いスキルが多い。
俺はユニークスキルが気になり確認する。

〈幻影〉
自分と攻撃に幻影を混ぜることが可能。

フィーネのユニークスキルに似ているな。シンプルだが、そのぶん使い勝手が良さそうだ。

俺はステータスの確認を終えると、二人の試合に集中することにした。

◇　◇　◇

クゼルとファンスは中央で向かい合っていた。

先に口を開いたのはファンスの方であった。

「まさか『鮮血姫《スカーレットプリンセス》』とこのような所で会えるとはな、嬉しいよ」

「私もだ。あなたが相手と聞いた時から、戦いたくてたまらなかった」

「それはこちらも同じさ。よろしく頼む」

互いに離れ、クゼルが剣を、ファンスは槍を構える。

『それでは――試合開始ッ！』

ニーナに鳴らされたゴングによって試合が始まった。

「はぁぁぁっ！」

クゼルは身体強化を発動すると、ファンスに一瞬で詰め寄り懐に入り込んだ。

そして屈んだ体勢のまま、左から右へと剣を振るう。

キンッと何かで防がれる音が鳴り響いた。

「悪くない、重い一撃だ」

「くっ！」

クゼルの一撃はファンスの槍によって防がれていた。

「どれ、私からも」

その場から退こうとしたクゼルだったが、ファンスの方が早かった。

槍の穂先《ほさき》がクゼルの顔面に迫る。

「ッ！」

クゼルは直撃する直前で身体を捻らせて躱すことに成功したのだが、そこに追撃が放たれた。

「うっ」

こちらも何とか躱したクゼルだったが、槍の穂先が腕をかすめたことで血が滲《にじ》み出《で》る。

「これを躱すか。普通の者ならば今ので終わっていた」

「その程度、私はもっと速い攻撃を知っている。では次はこちらの番だ！」

クゼルは駆け出す。

「俺相手に正面からとは……面白い！」

踏み込んでくるクゼルに合わせるように、ファンスは槍を突き出す。

しかしクゼルはそれを剣で弾き、さらに深く突き進む。

「――ファイヤーボール！」

その途中、クゼルはファンスに向けてファイヤーボールを放つ。

「小賢《こざか》しい！」

槍の一撃によってファイヤーボールは掻き消されたが、その一瞬でクゼルはファンスの前から姿を消していた。

「目眩《めくらま》しのつもりか？　――甘いぞ」

その言葉と共に、ファンスの背後でキンッと甲高い音がした。

槍の柄が、クゼルの一撃を防いでいたのだ。

「甘いだって？　それはどうかな？」

「……なに？」

一瞬クゼルの言葉の意味を理解できなかったファンスだが、振り向き様に視界に入ったクゼルの行動に驚きの声を上げる。

「なっ⁉　剣を捨てただと⁉」

そう。クゼルは自らの剣を手放していたのだ。

そして彼女は拳に炎を宿らせると、そのままファンスを殴りつけた。

「――ぶっ飛べ！」

女性には似つかわしくないセリフとともに放たれた一撃は、見事にファンスの腹部へ直撃した。

「ふぐぅうっ⁉」

ズドンッという重く鈍い音を響かせながら、ファンスは吹き飛んだ。

その隙に、クゼルは落ちていた剣を掴《つか》む。

吹き飛んだファンスも、槍を使って体勢を立て直すと、静かに地面に着地した。

「くぅ～、中々効いたぞ。良い一撃だった」

それもそのはず。

身体強化に豪腕、さらには闘気という身体能力を上げるスキルを重ねがけしたうえに、火魔法を拳に宿した強力な一撃だ。

ファンスは槍を構え直す。

「ではこちらも本気で行こうか」

「そうではないとつまらない」

クゼルが答えた瞬間、ファンスからプレッシャーが放たれる。

しかしSランク冒険者のプレッシャーを浴びてなお、クゼルは平然としていた。

その理由は簡単。

Sランク冒険者よりもはるかに格上の存在であるゼロとの訓練で、これ以上のプレッシャーを受けていたからだ。

ゼロの放つ威圧は、物理的に押されているように感じるほどだ。

一方、目の前のSランク冒険者であるファンスはどうだろうか？

格上なのはプレッシャーからでも伝わるがそれだけ。最強のドラゴンであるゼロの前ではSランク冒険者とてその程度だった。

（この程度のプレッシャー、大したことない）

クゼルは笑みを浮かべ、ファンスに向かって駆け出した。

怯《ひる》まずに向かってくるクゼルに、ファンスは笑顔を作りながら口を開く。

「俺が『雷影』と呼ばれる理由を教えてやる！」

クゼルが間合いに入ったと同時、ファンスは技名と共に攻撃を放った。

「――幻槍雷連撃《げんそうらいれんげき》！」

クゼルは槍の連撃を弾こうとしたのだが、剣が触れる前に槍が消える。

しかし彼女の身体には、確かに槍の傷が増えていく。

この状況を不利と見たクゼルは一度距離を置き体勢を立て直そうとした。

「逃がさん！」

「ぐっ……！」

退こうとするクゼルにファンスが距離を詰める。

「くっ！　仕方ない。これはあまり使いたくなかったのだがな……」

クゼルはそう呟くと、スキル狂人化とユニークスキルのトランスを使用した。どちらも、理性と引き換えに全能力をアップするスキルである。

その瞬間、重ね掛けによる影響でクゼルの理性は吹き飛んだ。

ファンスはクゼルの雰囲気が変わったのに気付きつつも、構わず攻撃を続ける。

するとクゼルは、先程まで退いていたにもかかわらず、突然ファンスに向かって突っ込んでいった。

傷が増えるのもいとわず、しかも先程よりもより素早く突っ込んできたクゼルに、ファンスは驚愕を隠せない。

そんな彼に向かって、理性の飛んだクゼルの剣が振るわれる。

「ぐっ、速度だけでなく威力もか！」

ファンスがクゼルの剣を受け止めてそう声を上げた。

先ほどまで受けてきたのとは比にならない威力だったのだ。

そして次の瞬間、ファンスの視界からクゼルが消えた。

Sランク冒険者でも追いきれないほどの速度でクゼルは移動する。

「後ろか！」

ファンスは危機察知スキルでギリギリのところを槍でガードするも、地面に痕を残しながら押し込まれていく。

クゼルの猛攻を受け続け、体に傷が増えていった。

「速度も力もある……だが、それだけだ！」

理性がないのならどれだけ強かろうと意味はない。

ただ身体能力が向上しただけ。

そう結論付けたファンスは、一度距離をとっていたクゼルに向けて槍を構える。

彼の槍はただの槍ではなく、魔槍《まそう》と呼ばれるものだった。

「来い！　これで決着を付けよう——魔槍ケラヴノス、解放！」

ファンスの言葉に応じて槍から青白い雷が迸《ほとばし》る。

「安心しろ。死にはしない」

突っ込んで来るクゼルにそう言ったファンスは、技を放った。

「——雷霆万鈞《らいていばんきん》！」

神速の一撃が直撃し、クゼルは吹き飛ばされた。

そしてそのまま闘技場の壁に激突し気絶する。

静まり返る闘技場。

『しょ、勝者、ファンス選手～っ!!』

ニーナによる決着の合図が響くと、次の瞬間には、割れんばかりの拍手と歓声で闘技場は埋め尽くされた。

すぐに駆け付けた救護班によって、クゼルは医務室へと運ばれていったのだった。

◇　◇　◇

「あれは避けきれなかったか……」

クゼルの試合を見届けた俺、晴人はそう呟いた。

そしてみんなを連れて医務室に向かう。

医務室に着くとクゼルは起き上がっており、その表情は負けたにもかかわらず満足そうだった。

「もう大丈夫なのか？」

「ああ、この通りだ」

クゼルは腕を回して問題ないとアピールする。

「それは良かった。まだ痛むなら言ってくれ。回復魔法をかけるから」

「ははっ、心配ないぞ。もう大丈夫だ」

クゼルが苦笑いを浮かべ、少し間を空けてから口を開いた。

「……やっぱりファンスは強かった。私の目に狂いはなかった」

「そ、そうか……」

気の利いたことも言えず、そんな風に返してしまう。

「やっぱりクゼルさんは凄いですね。Sランク冒険者相手にあそこまで戦えるなんて」

「そうよ。私でもあそこまで闘えないわよ。戦闘だって本当に凄かったわよ」

「私なら、勝てないってわかったらすぐに降参しちゃうよ」

フィーネとアイリス、鈴乃の言葉に他の面々も頷いている。

三人の言葉通り、Sランク冒険者相手にあそこまで戦えたクゼルは本当に凄いと思う。

と、そこで俺は話題を変える。

「さて、今日は最後まで試合を見るとして……明日の二回戦と明後日の準決勝と決勝は見に来るか？」

「もちろんだ」

クゼルは元気よく頷いた。

フィーネたちも「行く」と言う。

「んじゃあ決まりだな」

こうして俺たちは客席に戻るのだった。


それから三日目、四日目の試合も白熱し――

個人戦の優勝は、ファンスに決定した。

ファンスはボロボロになりながらも、『七人の皇帝守護騎士《セブンスロイヤルガード》』のレイドを打ち破ったのだ。

その戦いは激しく、互いの磨き上げた技と技のぶつかり合いであった。

最後は一瞬の隙を突いたファンスの一撃により、レイドが持つ剣を弾き飛ばして決着がついた。

なかなか見ごたえがあったな。

さて、あとは団体戦か。

明日のトーナメント発表が楽しみだ。

第6話　団体戦、開幕

そんなこんなで翌日。

俺、フィーネ、アイリス、クゼルの四人は、トーナメントを確認するために闘技場に来ていた。

トーナメント表を見ると、出場するのは俺たちの組を入れて全部で八組。

その中には『七人の皇帝守護騎士《セブンスロイヤルガード》』のチームや、ファンスの所属するパーティもある。

明日明後日に一回戦を二試合ずつ、三日目に準決勝と決勝が行なわれる予定だ。

個人戦に比べて団体戦のチーム数が少ないように感じるが、ある程度の実力がないと団体戦のチームエントリーが認められないという話があるらしい。

周囲を見回すと、俺たちと同じくトーナメント表の確認に来たらしい集団がおり、その中にレイドの姿が見受けられた。

レイドの近くには、騎士の恰好をした者が三名連れ添っている。

すると、フィーネがいることに気付いたレイドが声をかけてきた。

「これはフィーネさん。あなたも団体戦に？」

「レイドさん。はい、この四人で出る予定です」

フィーネが手で俺たちを示す。

『氷結姫』にペルディスの王女殿下、『鮮血姫《スカーレットプリンセス》』ではないですか」

こちらを見たレイドたちは、アイリスがいるためか深く頭を下げてくる。

「今は王女じゃなくて、ただのアイリスとして大会に参加してるの。そんなにかしこまらなくていいわよ」

「はっ、これは失礼いたしましたアイリス様」

「気にしないで顔を上げて」

「ありがとうございます」

頭を上げたレイドたちは、そこでようやく俺の存在に気付いた。

「……失礼ですがあなたは？」

俺は一歩前に出て、レイドたちに自己紹介をする。

「冒険者をしている晴人だ」

「冒険者のハルト？　……まさか⁉」

気付いたのか、レイドたち四人が驚愕と共に声を上げた。

「「「「魔王⁉」」」」

「ちょっと、大きな声を出すなよ⁉　周りに聞こえるだろ！」

俺が注意すると、レイドたちは「すまない」と言ってすぐに頭を下げてきた。

そこまで気にしてなかった俺は適当に「気にするな」と言って済ませる。

すると、レイドがこちらをまっすぐに見つめて口を開いた。

「ハルト殿の噂《うわさ》は帝国まで届いているよ」

「マジか……あ、それと俺のことは呼び捨てで構わないよ。えっと、レイドさんと……」

俺はレイド以外の三人の名前は知らないので言葉に詰まってしまう。

「すまない、自己紹介がまだだった。フィーネさんのお仲間なら知っていると思うが、俺はレイドだ」

続いて口を開いたのは、長い金髪を後ろで一本に縛っている優男《やさおとこ》。

「私はセンテス。レイドと同じ『七人の皇帝守護騎士《セブンスロイヤルガード》』の一員だ」

「俺はアッシュ。同じく『七人の皇帝守護騎士《セブンスロイヤルガード》』の一員だな」

センテスの次に口を開いたのは赤髪の短髪に、釣り目気味な男。

そうして最後に、大柄な男が口を開いた。

「俺はガイズ。同じく『七人の皇帝守護騎士《セブンスロイヤルガード》』だ。よろしく、噂の魔王さん」

「だからそんな呼び方はやめろ……ハルトでいいって」

「はっはっはー！　いいではないか」

そう豪快《ごうかい》に笑い飛ばすガイズ。

センテスとアッシュはレイドと変わらないくらいの年齢に見える。ガイズだけは少し上かな？

どうやら『七人の皇帝守護騎士《セブンスロイヤルガード》』の他の三人は、皇帝の警護のために大会には参加しないらしい。

一応俺たちも改めて自己紹介をして、八人で一緒にトーナメント表を見る。

「ハルトさん、私たちは最後みたいですね」

「そうだな」

フィーネの言う通り、俺たちは明後日の第四試合を予定されているようだ。

「俺たちは……最初か」

トーナメント表を見たガイズがそう呟いた。

ファンスのパーティは明日の第三試合の予定なので、俺たちも彼らも勝ち進めば二回戦の準決勝で当たることになるな。

レイドがこちらを振り向いた。

「ハルト、上手くいけば決勝で戦えるな」

「ああ、そうみたいだな」

「負けるなよ？」

「そっちこそ」

試合の時間を確認した俺たちは、レイドたちに別れを告げ宿に戻るのだった。


翌日、俺たちは朝早くから闘技場に赴《おもむ》いていた。

今日は参加チームの紹介と、第一試合、第二試合を行なう予定となっている。

客席は満員で、ステージ上の俺たちを見下ろしながら楽しそうにしている。

そうして時間になると、ニーナの声が闘技場に響き渡った。

『皆さん、お待たせしました！　本日より団体戦の開幕です！　団体戦は四人対四人の乱闘形式、一対一で敵にあたるか、あるいは策を用いて分断し、多対一で各個撃破を狙うか、チームの戦略が問われます！　個人戦ともまた違った戦いが見られそうです！』

ニーナはそこで一呼吸すると、団体戦に出場する各チームの説明を始めた。

『それではさっそくですが、団体戦出場チームとメンバーの紹介です！　……まずは帝国が誇る最強の騎士たち、「七人の皇帝守護騎士《セブンスロイヤルガード》」です‼　個人戦では惜しくも二位になってしまったレイド選手に加えて、センテス選手、アッシュ選手、ガイズ選手の四人が参加だぁぁぁぁぁあ‼』

会場がニーナの実況に沸き、レイドたちが観客に手を振って応えている。

『続きましては――』

それから数組の紹介の後、ファンスたちの番となった。

『続いて、個人戦ではレイド選手との激戦を制し、見事優勝を勝ち取ったファンス選手が率いるチーム！　彼が普段活動しているAランク冒険者パーティと共に、どこまで勝ち進んでくれるのか、期待の優勝候補だぁぁぁぁぁ！』

レイドたちほどではないが、会場が歓声に包まれた。

そして最後に、俺たちのチームの紹介となった。

『さあ、次が最後のチームの紹介となります！』

静まり返る会場にニーナの声が響き渡る。

『このチームが今回のダークホースと言えるでしょう！　メンバー四名のうち、個人戦予選を突破した選手が三名います。一人は氷と水魔法の二属性を操り幻で敵を惑わす、「氷結姫」ことフィーネ選手！　続いての一人は電光石火と暴風のような攻撃を繰り出す「雷切」ことアイリス選手！　そしてもう一人は某国で騎士団の副団長を務め、Ａランク冒険者としても活躍する「鮮血姫《スカーレットプリンセス》」ことクゼル選手！　そしてその三名を連れた、この男は一体何者なのか！」

最後に俺の紹介となり、ニーナは興奮絶頂なご様子だ。

『ペルディス王国に現れた魔王軍四天王が率いる万を超える魔物の軍勢を、たった一人で殲滅した実力者！　「殲滅者」「魔王」といった二つ名と共に、前代未聞のＥＸランクとなった最強の冒険者――ハルト選手だぁぁぁぁぁあッ!!』

一瞬の静寂ののち、これまでにないほどに観客たちが沸いた。

闘技場の空気が震えるようだ。

俺たちも他の選手たち同様に手を振って応える。

「目立つの、嫌だなぁ～」

「ハルトさん、今さらですよ」

俺がぼやくようにそう言うと、フィーネが苦笑いをしている。

正体を隠さずに参加すると決めた時点で、ある程度予想はできてたけど、ここまで盛り上がるとは思ってなかったのが正直なところだ。

『さぁ、強者ひしめくこの団体戦を制するのはどのチームか！　選手たちの退場後、準備が整い次第、第一回戦の開始です！』

ニーナのそんなアナウンスで会場が再び歓声に包まれる中、俺たちはステージから客席に移動する。

まぁ、俺たちの出番は明日。

一応今日の試合も見てから帰るかと思っていたんだが……

第一試合はレイドたちの圧勝に終わった。

さすが帝国最強の騎士たちと言うべきか、レイド以外の三人もかなりの実力者だった。

続く第二試合も観戦し、Aランク冒険者のパーティが勝利をおさめていたが、この分ならレイドたちが勝ち上がってくるだろう。

……その前に俺たちも勝ち上がらないといけないんだけどな。

そして迎えた翌日、俺はみんなと一緒に、今日の一戦目を客席から観戦していた。

一昨日は気付かなかったが、ファンスたちの相手は、アイリスを個人戦本戦で下した傭兵ハガナーが率いるチームだった。

ハガナーは確かにかなりの実力者だったのだが、ファンスを倒すことができずに戦闘不能となり、残りのメンバーもファンスチームの面々にやられてしまっていた。

どうやらファンスのチームは、全員が思っていた以上の実力者らしい。

試合結果を見届けて、俺は席を立ち上がった。

「さて、次は俺たちの出番だな。行こうか」

「はい！」

「勝つわよ！」

「当然だ！」

俺の言葉に、フィーネ、アイリス、クゼルが立ち上がる。

「鈴乃、エフィル、アーシャ、行ってくるよ」

「気を付けて……っていっても、晴人くんなら大丈夫だよね」

「皆さん、頑張ってくださいね」

「応援してますからね！」

「ああ、ありがとう」

俺の言葉に鈴乃、エフィル、アーシャがそれぞれ激励してくれる。

俺はそれに頷いて、ゼロに顔を向けた。

「ゼロ、護衛は任せた」

「お任せください」

護衛にゼロが付けば問題ないだろう。

鈴乃たちと別れた俺たちは、選手控室に移動した。

一回戦の相手はAランククラスの冒険者たち。

ステータスを確認した感じ、一対一になったとしても、油断さえしなければフィーネやアイリスでも勝てるだろう。

入場ゲートに移動すると、ちょうど俺たちの紹介が行なわれていた。

『——さて、本日の二試合目、団体戦一回戦第四試合のもう一つのチームですが……個人戦本戦出場の三名も注目ですが、ハルト選手は個人戦未出場のため、その実力は未知数です。「魔王」の二つ名に相応しい戦いを見せてくれるか、期待が高まります！』

ニーナの解説に、客席から歓声が上がる。

俺は振り返って、アイリスたちの顔を見回す。

「……よし、みんな行くぞ。一番の実力者は俺が抑えておくから、その隙にみんなは敵を各個撃破するように」

「わかりました」

「危なくなったら援護するから、存分に戦ってこい」

俺の言葉に、各々が表情を引き締める。

『――それでは両チームの入場です!!』

ニーナの声を合図に、俺たちはステージに上がった。

「よろしく」

「ああ、こちらこそ」

ステージの中央で挨拶を交わした俺たちと相手チームは、距離を取ってから、武器を構えて対峙する。

『それでは一回戦第四試合――開始ッ!』

ニーナの合図によって試合が開始した。

それと同時にこちらとの距離を詰めてくる相手一人一人に向かって、俺はファイヤーボールを放つ。

相手がそれぞれ防御したり横に避けたり、あるいはバックステップで回避したりしたことで、分散させることに成功する。

「よし、今だ！　油断するなよ！」

「はい！」

「任せて！」

「当たり前だ！」

フィーネ、アイリス、クゼルはそれぞれのターゲットに迫り、俺も一番奥にいた相手に向かって駆けていく。

敵は隙を見て仲間と合流し連携しようとしていたが、それを危なげなく倒し、俺たちは無事に一回戦を突破したのだった。

第7話　団体戦の行方《ゆくえ》

翌日、団体戦三日目。

今日は二回戦である準決勝と、決勝戦が行なわれる予定だ。

第一試合は、レイドたちと初日の第二試合の勝者であるAランク冒険者四人のパーティ。

ニーナの合図によって両チームの試合が始まる。

昨日の俺たちと同じように一対一の戦いとなっていたが、冒険者のチームはさすがAランクと言うべきか、昨日以上に激しい技の応酬が繰り広げられていた。

ニーナの実況も追いついておらず、時々観客席から「おぉ……」というどよめきが起こる。

そうしてしばらく健闘していた冒険者チームだったが、一人、また一人と数を減らしていき、ついに最後の一人になった。

レイドたちはといえば、一人も脱落することなくピンピンしている。

「……決まったな」

「みたいですね。やっぱりレイドさんたちは強いですね」

俺の呟きにフィーネが頷いている。

最後の一人になった冒険者は、こんな状況にもかかわらず笑みを浮かべている。

どうやらまだ諦《あきら》めていないようだ。

彼の相手をしていたセンテスも楽しそうにしていて、どうやら最後まで一対一で戦うらしい。

他の三人は元気なのだから四対一にも持ち込めるはずだが、騎士だからか、あるいはそれではつまらないと思っているのか、一対一は崩さないみたいだ。

それからもしばらくは粘《ねば》っていた冒険者だったが、遂に倒れ、レイドたちの勝利が決まった。

観客が大盛り上がりする中、俺たちは選手控室に移動する。

「Sランク冒険者が相手なんて緊張するわね」

「その仲間も全員がAランクの冒険者だ。激しい戦いになるな」

「そうよね」

固い表情のアイリスに、クゼルが頷いている。

その隣では、フィーネが黙って目を閉じて集中していた。

こんな状況は珍しいから、フィーネも緊張しているのだろう。

俺はそんな空気を払拭《ふっしょく》するように、明るい調子で口を開く。

「まぁ、そんなに緊張するな。昨日と同じように一番の強敵――ファンスの相手は俺がするから、みんなは自分の敵を倒すことだけを考えてくれ。大丈夫、みんななら普通のAランク相手に負けることはないよ」

俺の言葉に、三人とも力強く頷いてくれた。

これなら大丈夫そうかな。

ちょうどその時、係員が控室にやってきた。

「そろそろ入場となりますので、こちらへどうぞ」

「わかりました……三人とも、頑張ろう！」

「はい！」

「ええ！」

「おう！」

俺たちは気合いを入れて、控室を後にするのだった。


『――それでは両チーム、入場していただきましょう！』

ニーナの声で沸き起こった歓声や声援、そして拍手に迎えられ、俺たちは闘技場の中央でファンスたちと向かい合った。

「私はSランク冒険者のファンスだ。まさか噂の『魔王』と戦うことができるとは」

「ハルトだ。『魔王』なんて呼び方はよしてくれ。ハルトでいい」

「そうか。ではハルト、良き闘いにしよう」

「ああ、いい闘いにしようじゃないか」

俺たちは距離をとると、得物を構え対峙した。

『さあ、準決勝第二試合です！　準備はよろしいですか？　それでは――始めッ！』

ニーナの合図によって試合が始まると同時に、ファンスたちが一気に駆け出してきた。

しかし俺はすかさず火魔法のファイヤーランスを四本、敵のそれぞれに向かって放つ。

そして続け様に連射して、合流できないように距離を離して分断した。

「よし、行くぞ！」

俺の掛け声と同時にフィーネ、アイリス、クゼルが駆け出し一対一の状況を作る。

昨日と同じ戦法だが、結局のところこれが一番勝率が高いと踏んだのだ。

当然、俺の相手はファンスである。

俺が目の前で立ち止まると、ファンスは焦った様子もなくゆったりと武器を構える。

「やはり私の相手はお前か。ハルト」

「よろしく、ファンス」

「こちらこそな。そうだ、一つ聞いておきたいんだが」

「……なんだ？」

「私よりも強いのだろう？」

ファンスの言葉に、俺は不敵に笑みを浮かべ答えた。

「当たり前だ。EXランクだぞ？」

「なら全力で行かせてもらう！」

その言葉と共に、ファンスの魔力が一段増した気がした……いや、気のせいではないだろう。

なぜならば、こちらへと迫るファンスの動きが、先程よりも明らかに速くなっているからだ。

一瞬で俺の目の前まで迫ったファンスが、槍の連撃を放ってくる。

俺は一瞬距離を取ろうと考えたが、刀で槍による攻撃を弾くことにした。

しかし数撃を弾いたところで、突然槍が透け、見えているのとは別の角度から穂先が迫っているのを察知した。

「ッ!?」

驚いたものの体を反らすことで攻撃を回避し、一度大きく距離を取った。

これがファンスの持つユニークスキル、幻影か……

「アレを躱すか」

「面白いスキルだな。だがまだまだだ。っと、その前に」

フィーネたちが押され気味だったので援護の魔法を打ち込む。

「避けろよ！　――ファイヤーボール！」

魔力を多めに込めた火球が相手に向かって飛来した。

「――なっ!?　みんな避けろ！」

驚くファンスは急いで声を上げ、回避するように仲間に呼び掛けた。

ファンスの声に気を取られた仲間が、俺の放ったファイヤーボールを見て驚く。

その隙を突いて、フィーネたちは大きく後ろに跳躍《ちょうやく》して距離を取った。

相手も同様に後ろに飛んで回避し、試合が振り出しに戻る。

「ハルトさん、助かりました」

「助かったわ！」

「くっ、良いところだったのに……」

フィーネ、アイリス、クゼルが各々返事をするのだが、クゼルは思ったより傷だらけになっていた。

いやいや、良いところではなかったからな？

「これが作戦か？」

ファンスは面白いものを見るような目でこちらを見ていた。

俺は何も答えずに笑みを浮かべる。

すると、ファンスの仲間たちが口を開いた。

「ファンスさん。あの子思ったより強い。実力的にはもうAランクだ」

「こっちもだ。素早いし攻撃が重い。本当に一国の姫様か？」

「助けてくれ、アレはもう戦闘狂だよ……てか俺より強いんだが……？」

順にフィーネ、アイリス、クゼルの相手をした冒険者たちだった。

クゼルの相手をした冒険者は少し怯《おび》えたような目をしていたが、頑張ってもらうしかない。

『な、なんという激しい戦いでしょう！　これは目が離せません！』

ニーナは俺たちの戦闘を見て興奮気味に実況解説をしている。

「よし、再開といこうか！」

そんな俺の言葉で、俺たちは再び激突した。

刀を振るい、槍を躱し、時々フィーネたちの援護をし――数分経った頃、最初にクゼルが相手を倒し終えた。

フィーネ、アイリスは苦戦していたが、クゼルが援護に入る。

ゆっくり時間をかければ勝てていたかもしれないが、クゼルを遊ばせておいて負けるのは勿体《もったい》ないからな。

お陰でなんとか二人も倒し終わり、残るは俺とファンスだけになった。

「まさか私以外が倒されるとは思わなかった。彼らの実力はAランクの中でも上の方なのだが……参ったな」

困ったように、しかし楽しそうな笑みを浮かべているファンス。

「そうか。だがその笑みはなんだ？　ずいぶん楽しそうじゃないか」

「ハハッ、楽しいに決まっている！　それにハルト、それはお前も同じなのではないか？」

どうやらファンスにはバレていたようだ。

正直に言って俺は今——楽しくて仕方がない！

誰かのピンチだとか命がかかっているだとかそんな心配をせず、ここまでやりあえるのは久しぶりだからな。だいたいの敵はすぐに倒せちゃうし。

しかしそれでも今の闘いは——

「まだ物足りない、な」

「そうか」

俺の呟きに目を細めて答えたファンスは、俺の前に一瞬で移動し鋭い一撃を放ってきた。

その際に、穂先からバチッと紫電が奔《はし》る。

俺は身体を反らして避けるのだが、槍先がぐにゃりと曲がりこちらに向かっていた。

「どういう原理だよ!?」

意味がわからない。

すかさず刀で弾こうとするが、手ごたえはない。どうやら幻影だったようだ。

その瞬間に幻影は消え、俺の気配察知が背後に反応していた。

「まったく、油断できないな」

「掴んだ、だと!?」

驚き声を上げるファンスの言葉通り、俺は突き出されたファンスの槍の柄の部分をがっしりと握っていた。

身体強化を発動し、手は金剛によって強化されているので一切のダメージがない。

「ふんっ！」

ファンスは諦めていないようで俺の腹に蹴りを放ってきたので、俺は槍から手を放して後ろに飛んで回避する。

「これで決着を付けよう！　——魔槍ケラヴノス、解放！」

ファンスの槍から青い雷が迸り、彼の腕と槍に纏わりついていく。

あれはクゼル戦で使ったのと同じ技だな。

「ハルトさん！」

「ハルト、気を付けて！」

「おいハルト！　それは！」

フィーネ、アイリス、クゼルがファンスの槍を見て心配の声を上げる。

「大丈夫だ」

ただ一言そう返した俺は、口元を吊り上げた。

そんな中、ファンスは更に声を上げる。

「まだだ！　はぁぁぁぁあっ！」

ファンスの放つプレッシャーが数倍にも膨れ上がった。
これは――闘気か。
「来い、受けて立つ！」
俺は納刀し腰を屈め、抜刀の構えを取る。
「参るっ！」
ファンスは視界から姿を消したかと思うと、一瞬で俺の前に現れた。
おそらくだが、スキル縮地を使ったのだろう。
まさか俺にも追えないほどの速度とはな。
「――雷霆万鈞《らいていばんきん》！」
神速の一撃が放たれた。
個人戦でクゼルに対して使った時よりも、格段に威力が増している。
スキル豪腕を使ったのだろう。
そして俺はそれを迎え撃つように突っ込んでいき――抜刀。
互いが交差し、闘技場は静寂に包まれる。
少しして俺の背後からドサッという音がした。
俺は静かに納刀して振り返る。

地に倒れ伏すファンスからは動く気配がない。おそらく気絶しているのだろう。

ニーナが勝者を告げた。

『……しょ、勝者は――魔王ハルトが率いるチームッ‼』

一拍置いた次の瞬間、爆発的に会場が沸いた。

俺はフィーネたちに微笑《ほほえ》みかけ、天に向けて拳を掲げるのだった。


激闘の末、ファンスのチームを倒した俺たちは、ついに決勝へと駒を進めた。

決勝の相手はレイド率いる『七人の皇帝守護騎士《セブンスロイヤルガード》』のチーム。

厳しい闘いになるだろうと、俺は気を引き締める。

とはいえ、準決勝が終わったばかりですぐに試合というわけにもいかないので、俺たちは休憩のために一度控室に向かう。

ポーションやら回復魔法やらで完全に回復した俺たちは、控室でゆっくりしていた。

「凄く楽しみだ」

そう言ったクゼルは、俺の隣で気合いの入った表情をしている。

フィーネ、アイリスも同様の反応だった。

と、フィーネが俺に尋ねてきた。

「ハルトさん、今回の作戦も前回と同じですか？」

「そうなるだろうな。その方が戦いやすいだろうし、向こうの連携は俺たちよりも上だろうから、せめて個人戦に持ち込みたい」

なにせ個人戦の決勝でファンスと互角の戦いを繰り広げたレイドと同格の騎士が三人もいる。

三人にとっては厳しい戦いになると思うが頑張ってもらいたい。

この大会が終われば俺たちはペルディス王国に帰るつもりだから、優勝していい土産話を作りたいからな。

そうそう、帰るときはベリフェール神聖国に立ち寄ってイルミナに会おうと思っている。約束したというのもあるし。

「イルミナにいい報告をするためにも、優勝でもしてくるか」

俺の言葉にアイリスが反応する。

「イルミナに会いに行くの？」

「まあ、約束したからな」

「やったぁ！」

子供のように元気にはしゃぐアイリスを見て俺たちは微笑む。

しばらくすると、俺たちは呼ばれて闘技場入場ゲートに移動する。

そこでニーナの気合いの入った実況が俺たちの耳に入ってきた。

『さーて始まりました、今大会最後の試合、決勝戦となります！　一位になるのはレイド選手率いる「七人の皇帝守護騎士《セブンスロイヤルガード》」チームか！　またまた世界最強の冒険者「魔王」率いるハルト選手のチームになのか！　これは目の離せない戦いになるでしょう！　それでは両者の入場です！』

俺が「行くぞ」と言って振り返ると、フィーネとアイリスが緊張した様子で顔を強張らせていた。

「緊張するな。いつも通り気楽に行こう」

「は、はい！」

「そのつもりよ！」

そうして俺たちはステージに進み、レイドたちと対面する。

「ハルト殿、さっきの戦いを見させてもらったが、素晴らしい闘いぶりだったよ」

「ありがとう。そっちも中々いい闘いを見せてくれる」

「もちろんだ。陛下に無様な姿は見せられないからな」

「そうか。あ、そうだ。そっちで二番目に強いヤツは？」

「ん？　それを聞いてどうするんだ？」

んー、まぁどうせすぐにバレるし、先にこっちの狙いを伝えてもいいか。

俺は不思議そうなレイドに、最初は一対一で戦い始めたいことと、その二番目に強いヤツにはクゼルの相手をしてほしいことを説明する。

「一対一か。こちらは構わないよ……そうだな、二番目に強いのはガイズだな。ガイズ、クゼル殿の相手をしろ」

「任せろ。実は闘ってみたかったんだ」

ガイズはクゼルに向けて口を開いた。

「よろしく頼む。クゼル殿」

「ああ、良き闘いになるだろうな」

それから俺とレイドの話し合いで、アイリスの相手はセンテスに、フィーネの相手はアッシュに決まった。

「済まないな」

「いや、気にすることはない。むしろこちらとしては、君一人を四人で相手しないといけないのかと考えていたくらいだからな。一対一の方がありがたいくらいだ……それはそれとして、アイリス王女殿下には、機会がある時にお相手願いたいところだ」

「だとよ、アイリス」

「別に構わないわ。怪我しないように注意することね」

いや、どちらかというと怪我する方はアイリスだと思うのだが……

しかしレイドは「気を付けます」と言って笑っていた。

そして最後にフィーネに向き直る。

「相手は違うが、こうしてまたフィーネ殿と戦えるとは嬉《うれ》しい。よろしく頼む」

「こちらこそ光栄です。お願いします！」

「それじゃあレイド、始めようか」

「はい。始めましょうか」

俺たちは互いに距離を取り、各々の得物を構えた。

『両者の準備が整ったようです！　それでは今大会最後の試合――始めッ!!』

ニーナの声が高々と響くが、未だにどちらとも動かずに様子を探っている。

そんな膠着《こうちゃく》状態を破ったのはアイリスであった。

一瞬で加速したアイリスは魔剣トルトニスをセンテスに振るう。

そしてアイリスが動いたのを合図に、俺たちも動き始めた。

それぞれが自分の相手に向かっていき、俺もレイドに接近し攻撃を仕掛ける。

技と技のぶつかり合い。金属同士がぶつかり合う音が闘技場に響き渡る。

しばらくレイドと武器を交えたところでチラッとみんなの方を見ると、思いのほか善戦しているようだった。

レイドも俺と同じように仲間たちの状況を確認して、俺に向き直って口を開いた。

「やはりみんな強い。こっちも帝国では指折りの騎士なのですがね……さすが魔王のチームなだけはある」

「その二つ名呼びはやめろって……」

「なら、殲滅者の方がいいかな？」

「そっちもやだ——よっ！」

「ぐっ⁉」

俺は力を入れてレイドを吹き飛ばす。

彼が着地して体勢を整える前に、俺はフィーネたちに援護が必要か確認しようとする。

「他のみんなは——」

「よそ見は厳禁だな！」

しかしレイドは空中で体勢を崩しながら、魔法を放ってきた。使われた魔法はファイヤーウェイブ。

「いや、よそ見はしてないな」

俺はそう言ってウォーターウェイブを放つ。

魔法同士がぶつかり合ったが、俺が込めた魔力量の方が多いため、ウォーターウェイブはファイヤーウェイブを呑み込み、そのままレイドに迫った。

「はぁぁぁっ！」

しかしレイドは剣に炎を纏わせて振り下ろし、ウォーターウェイブを二つに割いた。

そんなことまでできるのかよ。

だがな……

「防いだつもりでいるのか？」

「……ッ!?」

レイドは気付いたのだろう。足を土で固められ身動きを封じられていることに。

俺はレイドに向けてファイヤーボールの連射を行った。

「――ファイヤーウォール！」

レイドの目の前に形成される炎の壁。

ファイヤーウォールが現れたのと同時、着弾して爆発する。

だが、俺が放った複数のファイヤーボールを防ぎきるより先に、ファイヤーウォールが破壊された。

爆発の煙でレイドの姿は視認できないが、そこにいないのは知っている。だって――俺の後ろにいるのだから。

気配察知と危機察知が発動し、同時に俺は刀を後ろに向けた。

すると、キィィンッという高い金属音が上がる。

「なっ⁉」

驚愕の表情を浮かべるレイドに、俺は笑いかける。

「壁を作った直後に逃げたのは知ってたさ」

「ふぐぅっ！」

俺はそのままレイドの腹に回し蹴りを放ち、フィーネとアッシュが戦っている方へ吹き飛ばした。

吹き飛ばされたレイドがアッシュを巻き込み、闘技場の地面を転がる。

「ハルトさん！」

こちらの爆発音に気を取られて集中を切らしていたフィーネが、危うくやられるところだったのだ。

だが、レイドに巻き込まれてアッシュが吹き飛ばされたことで、フィーネは難を逃れていた。

「こっちは大丈夫だから目の前のことに集中だ」

「はい！」

まぁ、鏡花水月と明鏡止水を同時に使っていた反動で、集中が切れたのもあるだろうが。

クゼルとアイリスも集中力が欠けてきたのか、攻撃を受ける回数が徐々に増えてきた。

うーん、そろそろ三人ともヤバそうだし、ちょっとここで手助けしておくか。

「三人共、下がれっ！」

俺の言葉を合図に三人は後ろに一気に下がった。

レイドはハッとした表情で仲間に告げる。

「防御態勢を取れ！」

「――超爆発《エクスプロージョン》！」

直後、俺の頭上に大きな火球が四つ出現し、レイドたちに向けて放たれた。

レイドたちは各々で迎撃するが、爆発による衝撃で吹き飛ばされた。

ギリギリ場外にはならず、ステージの端でとどまっている状態だ。

立ち上がったレイドたちは俺を見る。

「くっ、予想以上の威力だ」

「だがこれからが面白い！」

「その通りだな」

「これが最後だな。全力で勝ちに行くぞ！」

アッシュ、ガイズ、センテスが笑みを浮かべながら言い、最後にレイドの鼓舞《こぶ》によって各々に気合を入れている。

「こちらも最後まで気を引き締めて行こうか」

「わかりました！」

「任せて！」

「全力だな！」

俺の言葉にフィーネ、アイリス、クゼルが武器を構えた瞬間――突如として上空に巨大な魔力反応が出現した。

第８話　乱入者

その強大な魔力反応に、俺たち四人は動きを止めた。

それと同時に空が曇り、遅れて闘技場に巨大な影が差した。

見上げるとそこにいたのは、体長二十メトルほどのドラゴンが六体。

どの個体からも、強大な気配と魔力を感じる。

帝国が仕組んだのか？　でも、何のために？

そう思ってレイドの方に目をやるのだが――

「何が起きている……？」

レイドからそのような呟きが聞こえた。

彼ら『七人の皇帝守護騎士《セブンスロイヤルガード》』は帝国の中枢《ちゅうすう》に所属する組織。

その彼らがあの反応ということは、帝国にとっても不測の事態ということだろう。

周囲を見渡すが、観客も含めて何が起こっているのか理解できていない様子だった。

俺は一応、レイドに聞いてみる。

「聞くがレイド、これは帝国がサプライズとして仕組んだのか？」

「どう見ても違うだろ！」

だよなぁ～……

いや、レイドたちが知らないだけで、皇帝が何か仕組んでいる可能性もある。

俺がそう考えて皇帝のいるテラスに視線を向けると、レイドも同じように顔を向けた。

しかしそこにいた皇帝は、俺たちと同じように驚愕の表情を浮かべている。

どう考えても演技には見えないし、彼が仕組んだわけでもないのだろう。

あの顔が演技だというのなら大したものだ。

「ハルトさん、これは一体……」

「ハルト……」

「おいハルト、何が起きている？　あのドラゴンは一体？」

フィーネ、アイリス、クゼルが俺に、突如現れたドラゴンについて尋ねてくるが、当然答えられるはずがない。

だが、これだけは言える。

ドラゴン《アレ》は俺たちの敵だということだ。

「……俺にも何が起きているかわからないが、あそこまで敵意を向けてきてるんだ、敵であることは確かだな」

ドラゴンの目からは、強い殺意を感じる。

「ええ、凄まじい敵意です。肌に直接伝わってきます」

フィーネの言葉に二人が頷いていた。

状況を呑み込めずにいると、中央にいる一体を除いた五体のドラゴンが顎を開き、そこに魔力が収束しはじめる。

あれは……ブレスの予備動作か？

あんな魔力量のブレスが放たれたら、ここにいる観客含めて全員が巻き込まれ、死傷者も出るだろう。

俺はレイドに試合の中断を告げた。

「レイド、試合は中断だ。それどころじゃなくなった」

「そうだな、あのドラゴンは……」

「俺たちの敵で間違いないだろう」

俺の言葉にレイドたちが頷いた瞬間、空が煌《きらめ》めいた。

「ハルトさん！」

気付いたフィーネが俺の名前を叫ぶ。

「問題ない——空間断絶結界《イージス》！」

闘技場全体を覆うようにして結界を展開したのと同時、五本のブレスがそれにぶつかった。

俺の張った結界には、空間遮断の効果があって、どんな攻撃だろうと破ることはできない。

事実、五体のドラゴンから放たれた極光《オーロラ》のように輝く五本のブレスを受けても、結界には亀裂《きれつ》の一つも入っていなかった。

それにしても、ずいぶんと魔力が込められたブレスだ。

空間断絶結界《イージス》が使えなかったらかなり危なかったな。

しばらくするとブレスがやんだが、空間断絶結界《イージス》は健在だった。

俺の結界を簡単に突破できると思うなよ。

ブレスが終わってもなお、観客はパニックに陥っていたが、そこに「静まれ！」という声が響き渡る。

声の主は皇帝、オスカー・フォン・ガルジオその人であった。

おそらくだが、魔法で声を増幅させたのだろう。

「試合は中断だ。あのドラゴンがどこからやってきた何者なのか知らんが、帝国に牙《きば》を剥《む》いたのは事実。つまりアレは――我々の敵だ。故に戦うのだ！　武器を取れ、立ち上がれ戦士たちよ！　誰を敵に回したか思い知らせてやれ！　非戦闘員は、即刻ここから避難するのだ！」

オスカーの宣言に、闘技場は一瞬静まり返り、次の瞬間には「ウオォォォォォ！」という雄叫《おたけ》びが空気を震わせた。

そんな盛り上がりを見せる闘技場だが――不意に上空から、声が届く。

「――誰を相手に戦うと？」

「誰だ！」

見上げた先には、黒い中央のドラゴンの頭上に立つ、一人の黒い騎士の姿があった。

先ほどの声の主はその騎士のようだ。

「我は魔王軍四天王が一人、竜騎士ダムナティオ。人間の貴様らでもこの名くらいは聞いたことがあるであろう？」

ダムナティオと名乗った騎士の言う「魔王」というのは、俺の二つ名ではなくて、魔族達のボスのことだろう。

そんなヤツの言葉に、俺の隣にいたレイドが驚きの表情を浮かべている。

「ダムナティオ、だと……？」

「レイド、アレを知っているのか？」

俺が尋ねると、レイドは信じられないといった視線を向けてくる。

「逆に知らない方がおかしいぞ。竜騎士ダムナティオ。ヤツは過去の魔族と人間の戦争で、二万もの軍勢を相手に一人、いや正確にはヤツとドラゴンの軍勢で勝利を収めた。魔王軍でも屈指の強さを誇る騎士であり、四天王の中で古参の一人だ」

二万相手に一人とドラゴンで勝利を収めるとか強すぎだろ……いや、たしかに先ほどのブレスを軍勢に向けて放てば勝てるだろうが……

俺は密かにダムナティオのステータスを確認する。

名前　：ダムナティオ
レベル：279
年齢　：590
種族　：魔族

ユニークスキル：竜化身《ドラゴンモード》
スキル：剣術Lv10　火魔法Lv10　雷魔法Lv10　闇魔法《やみまほう》Lv10　縮地Lv9　威圧Lv10
気配察知　魔力察知　気配遮断　夜目　豪腕Lv9　状態異常無効　無詠唱Lv10
身体強化Lv10　魔力操作
称号　：竜騎士　四天王

なるほど、これなら万の軍勢相手に一人で勝ったのも納得だ。
ついでにドラゴンたちのレベルも確認したが、どいつも150前後となっていた。
一番気になったのは、ダムナティオが所有するユニークスキル竜化身《ドラゴンモード》だな。

〈竜化身《ドラゴンモード》〉
ドラゴンの力を取り込み、自身をドラゴンと化す。
竜人になることで、戦闘力を増幅させることもできる。
スキル発動時は身体能力、戦闘スキルの威力が六倍に強化される。
支配下にいるドラゴンの戦闘スキルを大幅強化。

六倍か……かなり強力な能力だ。
しかし気になるのは『ドラゴンの力を取り込む』という部分だ。
俺はエリスに聞いてみる。
エリス、竜化身を使うとどうなるんだ？
《説明通り、ドラゴンの姿に変化して戦闘力を上げるスキルです。変化から元に戻る際、『竜人』の姿になることができます》
竜人って？
《竜人とは、頭部、あるいは額からツノが生えた外見をした種族です。種族の特性として防御力、魔力が大幅に高く、特に防御力に関しては、並大抵の武器では傷すら与えることは不可能です》
そんな種族がいるのか……
《竜人は過去に存在したとされる種族であり、現在の世界には存在しておりません》
ふむふむ。つまりは一時的に超人的な種族になるということか。
《その通りです。ダムナティオはおそらく竜人の血を受け継いでいるのでしょう。それ故にユニークスキルを獲得したのかと推測されます》
なるほど。
防御力が高いって話だが、俺の愛刀の黒刀紅桜ならどうなんだ？

《黒刀紅桜ならば、ダムナティオに致命傷を与えることができます》

どうやら俺の愛刀なら通用するらしい。

そうか。だが……

俺はドラゴンの相手をどうしようか悩んでいた。

闘技場は帝都の中に位置しているため、周囲には普通に建物が密集している。

そのため、大規模な魔法は使えない。

かといって、ちまちま戦っていたら時間がかかって、結局被害が出るかもしれない。

俺がどうしようか考えていると、皇帝の側近である大臣や騎士たちらしき人の、オスカーを制止する声が聞こえてきた。

俺が振り返った時には、オスカーが静止を振り切ってテラスから飛び出していた。

ズドンッと重低音が響き、オスカーが俺の近くに降り立った。

視線をダムナティオに向けたまま、オスカーは俺に尋ねてくる。

「おいハルト。ヤツを倒せるか？」

いきなりのオスカーの言い方に一瞬ムカッとしながらも答える。

「倒せないことはない」

「ふん、この私相手にそのような言葉使い。本当なら私直々に罰しているところだ」

オスカーはそう言うが、直接面識がない状態でいきなりこんな態度を取られて、こちらとしてもいい気持ちがしないのは事実だ。

皇帝だから敬った方がいいんだろうけど、いきなりこの態度だからな……

「んなもん知らん。できるものならやってみろ。それよりも……」

「調子に乗りおって若造が。だがそうだな……」

俺とオスカー、他の面々もダムナティオを見据えた。

「ヤツが問題だな。おそらく相当な強さだろう……私では勝てんな。私ができるとしたら、精々ドラゴン一体受け持つのが精一杯だ」

オスカーは思ったよりも冷静に相手の実力を見抜いたようだ。猪突猛進《ちょとつもうしん》なタイプかと思っていたが、皇帝をしているだけはある。

それよりも、あそこにいるドラゴン一体を倒せる実力があるのはさすがだな。

つまりオスカーはSランク冒険者に匹敵する実力者ということになる。

いや、あるいはそれ以上なのかもしれないが、ちょっと鑑定してみるか。

俺は神眼《ゴッドアイ》を使って確認する。

名前　：オスカー・フォン・ガルジオ

レベル：128
年齢　：35
種族　：人間
スキル：剣術Lv9　槍術Lv7　格闘術Lv8　剛腕Lv8　縮地Lv6　夜目　精神耐性Lv7
　　　　威圧　不屈　限界突破　魔力察知　気配察知　気配遮断
称号　：ガルジオ帝国皇帝　帝国最強

普通につっっっよ！　てか、Sランク冒険者よりも強いじゃん!!

ユニークスキルが無いのは驚きだが、まさか俺や勇者以外にも限界突破のスキルを獲得している人がいるとは思わなかった。

それに何より、『帝国最強』という称号が、この男の強さを示していた。

だが、ダムナティオに勝てるほどの強さではないことは確かだ。

「……ということは、ダムナティオ《アレ》の相手は俺になるのか？」

俺の言葉に、オスカーは頷く。

「やれるか？」

「正直面倒臭いと言いたいが……こればかりは仕方がない。任せてくれ。ヤツは俺が倒す」

「なら貴様を信用して任せるとしよう。これが終わったら手合わせでも願いたいところだな」

「そうだな。俺も皇帝の実力を見たいところだった」

帝国最強とか気にならないヤツいるか？　いないはずがない。誰もが見てみたいだろう。

オスカーがふっと笑った。

「ならさっさと倒して手合わせを願おうか。私はドラゴン一体を受け持とう。残りはどうする？」

オスカーの問いに少し考えた俺はフィーネたちを呼ぶ。

「フィーネにみんな、集まってくれ！」

俺の声に、フィーネ、アイリス、クゼルが集まり、続いてゼロ、エフィル、鈴乃が観客席を飛び越えて俺のもとに来る。

「これがお前の仲間か？」

「そうだよ」

「どれも強いな。それに久しいな、アイリス王女」

オスカーに名前を呼ばれたアイリスは挨拶をする。

「お久しぶりです。ガルジオ皇帝陛下」

「ふむ。強くなったではないか。『七人の皇帝守護騎士《セブンスロイヤルガード》』と並んでも遜色《そんしょく》ないのではないか？」

「ありがとうございます。それもハルトのお陰です」

「そうかそうか。ハルトが鍛えたか。これは手合わせが楽しみになってきた」

戦闘狂だけは勘弁してほしい……

それはさておき、ドラゴンの相手をするのはフィーネたちと、『七人の皇帝守護騎士《セブンスロイヤルガード》』のうちのレイドたち団体戦参加者四人だ。

「アイリス、フィーネ、クゼルの三人で、ドラゴンを一体頼む」

俺の言葉にアイリスたちが頷いたところで、俺はゼロに視線を向ける。

「ゼロ、悪いが二体頼めるか？」

「その程度、お安い御用です」

あっさりと引き受けたゼロを驚愕の表情で見ていたオスカーだったが、すぐにレイドたちの方に向き直って告げた。

「レイド、アッシュ、ガイズはドラゴンの相手をしろ。センテスは観客の避難誘導に回れ、あちらにも強者が必要だ……一体は俺が受け持つ」

オスカーの言葉にレイドたちは膝を突いた。

オスカーの心配をする者は誰一人としていない。それは皇帝である故だろう。

そうして俺たちが武器を構えたところで、ダムナティオが腕を組みながらこちらを見下ろし悠々と告げてきた。

「さて、ここまで待ってやったのだ。楽しませてくれるのだろう？」

「ああ、ご自慢のトカゲ共々地獄に招待してやるよ。それじゃあ、楽しい楽しいパーティーの始まりと行こうか」

俺の言葉を合図として、俺たちの戦いは始まった。


初めに動いたのはオスカーだった。

おもむろに抜き放った深紅《しんく》の剣は、どう見ても魔剣の類だ。

オスカーは剣を振り上げながら、着地していたドラゴンとの間合いを一瞬で詰める。

それと同時、オスカーの持つ剣から、まるで怒り狂うごとき業火《ごうか》が噴《ふ》き上《あ》がった。

「私の国に攻め入ったのだ。抵抗せずに死ね」

オスカーは声とともに剣を振り下ろしたが、ドラゴンは迎え撃つようにしてその鋭利な鉤爪《かぎづめ》を振るう。

剣と鉤爪が衝突して、火花を撒き散らした。

「ぐぅっ!?」

オスカーから苦しそうな声が聞こえた。

振り下ろされた鉤爪の圧力はかなりのものだったのだろう、オスカーの足元の地面に亀裂が走っている。

ただ、苦し気な表情をしていたのも一瞬で、体勢を立て直したオスカーの表情には余裕がある。

それを確認した俺は、ダムナティオを見据えた。

ダムナティオの方も、まっすぐに俺を見る。

「我の相手は貴様か？」

「そうだ」

ダムナティオは興味深そうに尋ねてくる。

「ブレスを防いだ魔法は貴様が展開したのか？」

「それがどうした？」

「ただ聞いただけだ。それだけの実力があるのだ、すぐに死ぬなよ？」

「俺としては、あんたにはこのまま帰ってもらいたいところだけどな」

「ふっ、帰るわけがない」

「そうかよっ！」

俺はダムナティオに迫るも、ヤツの足元のドラゴンの爪によって進路を阻まれる。

空中を歩くスキル天歩《てんほ》を使って後ろに後退して、再び振り下ろされた爪による攻撃を回避する。

この隙を突いてダムナティオが何か仕掛けてくると思っていたが、どうやら今のところはドラゴンたちに戦闘を任せて静観しているようだった。

俺としては、余裕の態度を取っているダムナティオが気に食わなかった。一泡吹かせてやりたい。

闘技場に俺たちとドラゴンによる激しい戦闘音が鳴り響く。

俺はチラッと、他のドラゴンたちを相手取るフィーネたちの姿を確認する。

どうやら、特に不利になることもなく、何とか戦えているようだ。

というかゼロに至っては余裕そうである。

ダムナティオはその戦況が想定外だったのか、ヘルムで良く見えないが焦ったような雰囲気だ。

「かつては数万の軍を圧倒したドラゴンが、たかが人間ごとき数人に苦戦している、だと!?　ありえん！」

そんなダムナティオの言葉と同時に、ドラゴンが俺目掛けてブレスを放った。

俺は落ち着きながら刀を鞘に納めると、腰を深く下ろして抜刀の体勢になる。

ブレスが目の前に迫ったところで——一閃。

次の瞬間、俺の刀によってブレスが二つに切断された。

その光景に、ダムナティオは驚きのあまり口を開く。

「ブレスを斬った、だとっ!?　待て、ヤツはどこに——」

抜刀の後、すぐにその場から移動していたのだが、俺の姿はダムナティオには視えていなかったようだ。

きょろきょろと周囲を探すダムナティオだが、俺の姿は一向に見つけられないでいる様子。

そしてカチンッという納刀音が響いた直後、ダムナティオを背に乗せたドラゴンの頭部が地面に落ちた。

「――なっ!?　一体いつ攻撃を……」

ダムナティオは一瞬でドラゴンがやられたことに驚いている。

そんなヤツの目の前に、俺は姿を現す。

「今さっきだが、視えなかったのか？」

「……何者だ？　もしや貴様が召喚されたという勇者か？」

お前も強いヤツを見たら勇者って言うのかよ……四天王のギールと同じこと言いやがって。

魔族は『人間の強いヤツ＝勇者』とでも思っているのか？

「勇者じゃあないな」

「だが、勇者でもなければそこまでの力はないはずだ。ならば一体何者だというのだ？」

「そうだな。ちょっと腕に自信のある冒険者、だな」

「……まさかとは思うがギールを倒したハルトという名の冒険者は貴様か？」

どうやら魔族には名前だけが広まっているようだ。

ギールを倒した時に敵は殲滅したつもりだったが、情報を持ち帰った者がいたのだろう。

俺はダムナティオの質問に答える。

「ああ、俺がその晴人だ。そういえば四天王のギールは最後に命乞いをしてきたが、あれでも四天王なのか？」

そう言って少し煽《あお》ってみたのだが……

「そうか、貴様がハルトか。言っておくが、ヤツは四天王の恥だ」

「仲間を殺されて俺を恨まないのか？」

「――笑止。負けたのだ。それはヤツが弱かっただけのこと」

何とも思っていないようだ。良かった良かった。てっきり恨みでも買っているのかと思ってしまった。

しかし、ダムナティオがこの場に現れた理由が未だに不明のままだ。

「質問したい」

「まあいい、答えてやろう」

上から目線なのが気に障るが、答えてくれるのだから我慢しようではないか。

「なら教えてくれよ。どうしてここ、帝国を襲うんだ？」

「この国にあるモノが隠されている。我はそれを探しにきた。あと、ついでに人間はゴミのように湧《わ》いてくるから、少しくらい殺しておこうと思ってな。そしたら大量に集まっている場所があったから、襲いに来たってわけさ」

人間のことをどうとも思っていないのは、長年人間と争ってきた魔族故だろう。

だが聞きたいのはそこではない。

「その探しているモノはなんだ？」

そう尋ねると、ダムナティオは俺が思ったより素直に答えてくれた。

「教える義理もないがまあいい、結局死ぬのだからな。俺が探しに来たのは『覇者の宝珠《ほうじゅ》』と呼ばれるモノだ」

第9話　ドラゴンとの戦い①

晴人がダムナティオと対話を試みている頃、オスカーはドラゴン相手に奮戦していた。

ただ、ドラゴンには魔法耐性に物理耐性があるために中々ダメージが与えられず、決め手に欠けていた。

オスカーはドラゴンから放たれるブレスを躱し攻撃を仕掛けるも、強靭な皮膚によって剣を弾かれる。

その隙をドラゴンが逃がすはずもなく、鋭利で凶悪な鉤爪が振り下ろされた。

「ぐぅぅっ!!」

オスカーは受け流しきれずに左の二の腕に傷を負い、体を無理やり捻ることで致命傷だけは回避した。

あと少し避けるのが遅かったら、左腕を失っていたはずだ。

そしてすぐにドラゴンが翼を広げると同時に、その正面にいくつもの魔法陣が出現した。

そしてオスカーに休憩はやらないとばかりに、その魔法陣から次々と魔法が放たれる。

放たれた魔法はファイヤーランスだが、その数はなんと二十を超えていた。

それでもオスカーにとっては防ぎきれない数ではない。

「舐《な》めるなよ！　――グランドウォール！」

オスカーは目の前に土壁を出現させた。

もちろん、その一枚で防げるほど甘い攻撃ではないと理解しており、さらに数枚の壁を作り出す。

そこにファイヤーランスがぶつかり、爆音が轟《とどろ》いた。

どの土壁も耐えきることができず、全て破壊されていく。

土壁が崩れた土煙の中に人影を確認したドラゴンは、口を開くと魔力を集中させ、強力なブレスを放った。

ブレスは瞬く間に人影を呑み込み爆発する。

爆風で砂塵《さじん》が晴れた時、そこに残っていたのはドロドロに溶けた地面だけだった。

ドラゴンは勝利の咆哮《ほうこう》を上げようとして……こちらに迫る人影を視界に捉えた。

その人影の正体は、たった今消し飛ばしたと思っていたオスカーだった。

彼の手には深紅の魔剣が握られている。

オスカーを見たドラゴンは、思わず固まる。

「ふっ、アレは土で作った人形だ……それにしても、ドラゴンも人間のように驚くのだな。覚えておこう」

しかしドラゴンが固まったのは一瞬で、すぐに丸太のように太い尻尾でオスカーを薙ぎ払う。

「――がはっ」

剣で受け止めそのまま後ろに飛ぶことで衝撃を緩和させたのだが、壁に激突して口から血を吐くオスカー。

そこへ追撃とばかりに、一メトルはあるだろう火球が放たれる。

「ッ！　――ファイヤードラゴン！」

オスカーから炎が噴き上がり、ドラゴンの形となって火球を呑み込んだ。

炎はそのままドラゴンに襲いかかるも、振り下ろされた鉤爪によって切り裂かれた。

だがこんなもので終わるオスカーではない。

オスカーは既にドラゴンの眼前に移動し、魔剣を振り上げていた。

ドラゴンが身を守る為に攻撃しようとするが、オスカーの方が早かった。

「――死ね！」

無慈悲な宣告と共に、オスカーは魔剣を天に掲げた。

「焼き払え――インフェルノ！」

オスカーの持つ魔剣を赤黒い炎が纏い、振り下ろされたことで斬撃となってドラゴンに放たれた。

この至近距離に加えてドラゴンの巨体では避けられるはずもなく、斬撃はドラゴンの胸部を深く斬り裂く。

黒い炎は傷口から広がると、ドラゴンの全身を包んだ。

ドラゴンは絶叫を上げるが、その咆哮は次第に小さくなっていく。

やがてドラゴンは塵となって消えた。

「ふぅ、私もまだまだ現役のようだ」

剣を鞘に納めたオスカーはそう言葉を零すのだった。

◇　◇　◇

オスカーがドラゴンを倒す少し前。

フィーネとアイリス、クゼルの三人は闘技場の端で、一体のドラゴンと戦っていた。

鈴乃とアーシャ、エフィルは少し離れた位置に立っていて、時折鈴乃が回復魔法を使っている。

「──ブリザード！」

フィーネの魔法が発動し、上空にいるドラゴンを襲う。

魔法の対処に遅れたドラゴンの体表を氷が徐々に侵食していき、数秒後には地面に落ちた。

「アイリス！」

「任せて！」

氷漬けとなったドラゴンに、魔剣トルトニスと魔剣テンペストを構えたアイリスが近付いていく。

「──紫電一閃《しでんいっせん》・神風《かみかぜ》！」

アイリスが技名と共に二振りの剣を振った。

雷と風の斬撃が一つに重なり、威力を増幅させながらドラゴンに直撃する。

直撃と同時に、砂煙が立ち込める。

「やった⁉」

しかし砂煙が晴れると、そこには氷漬けから解放された、胸部に深い傷を負ったドラゴンが佇《たたず》んでいた。

鋭い竜眼がアイリスを睨みつけ、開かれた顎門《あぎと》に魔力が収束する。

ドラゴンの頭はアイリスに向いていたが――

「そんなことさせるわけがない！」

クゼルがブレスを吐こうとするドラゴンに迫っていた。

彼女を一瞥《いちべつ》したドラゴンは、邪魔者を叩き潰そうと鉤爪を振り下ろす。

「させません！」

しかしフィーネがその鉤爪の前に躍り出た。

「おい、フィーネ！」

「大丈夫です！　ここは任せてください！」

フィーネはまさに振り下ろされようとしている鉤爪に向けて抜刀する。

抜かれた刃はドラゴンの指と指の隙間に入り込んで皮膚を深く斬り裂き、ドラゴンは苦悶の咆哮を上げた。

ドラゴンの傷口はフィーネの持つ刀、幻刀水月の効果によって凍りついて血は流れていない。

「クゼルさん、今です！」

「助かった！　――はぁぁぁぁあ！」

クゼルは飛び上がると竜の眼に剣を突き刺す。

ドラゴンが痛みで顎を閉じたことで、収束していた魔力が口内で爆発した。

クゼルは剣を手放すと、フィーネと共にその場から退き、アイリスのもとに集まる。

ドラゴンは未だ倒れず、恨みのこもった片目をフィーネたちに向けていた。

「大丈夫か、アイリス？」

「助かったわ。もう大丈夫よ！」

「わかりました。では私が最初に行きます！」

クゼルの質問に頷くアイリスを見て、フィーネがそう名乗り出る。

「フィーネ！」

クゼルが思わず止めようとする。

「大丈夫です。こう見えて私だって結構強くなったんですからっ！」

自信満々に言い放つフィーネに、クゼルはふっと笑みを零した。

「止めようとして悪かった。なら二番手に私が行って隙を作ろう」

「とどめは私ってことね。最後は任せてちょうだいっ！　みんなでドラゴンを倒してパパとママに自慢するんだから♪」

「それでは——行きます！」

フィーネがドラゴンに向かって駆け出した。

ドラゴンは駆け寄るフィーネに向けて、無数のファイヤーランスを放つ。

しかしフィーネは臆することなく小さく呟いた。

「——鏡花水月」

スキルを発動させ、ドラゴンに向かって突き進む。

そしてそのままファイヤーランスに直撃した——直後、その姿が霧散する。

ドラゴンは驚きつつ、すぐ近くに現れたフィーネに向けて再びファイヤーランスを放つ。

再び直撃するが、またしてもフィーネの姿は掻き消え、ドラゴンが気付いた時には目と鼻の先に迫っていた。

ドラゴンは咄嗟にブレスを放ち、フィーネの姿はその光に呑み込まれた。

「「フィーネ!!」」

咄嗟のものなので魔力はさほど込められていないが、それでもドラゴンのブレスだ。

アイリスとクゼルは、思わず声を上げる。

そしてブレスが途切れたそこには、誰の姿もなかった。

「フィー、ネ……」

「嘘《うそ》だと言ってくれ……」

そんな中、二人の背後から呆《あき》れたような声が聞こえた。

「もう、二人とも心配してくれるのは嬉しいですけど、あれくらいじゃやられませんよ！」

クゼルたちが振り返ると、そこにはぷくーっと頬を膨らませるフィーネの姿があった。

だがその表情は少し嬉しそうだった。二人が自分を心配してくれたことに、内心喜んでいたのだ。

「フィーネ！」

「脅かすな、フィーネ……ハルトに顔向けできなくなるところだったぞ」

「私そこまで弱くないですって！　それにまだ戦闘中です、早く敵を倒しちゃいましょう！」

「わかってるわ」

「だな」

二人はフィーネの無事に安堵《あんど》し、表情を引き締めた。

ドラゴンは生きているフィーネに気付くと攻撃を放ってくるが、フィーネはその全てを躱し、再びドラゴンの足元に現れた。

「――永久凍土《ツンドラ》！」

フィーネがそう叫んだ瞬間、地面が一瞬で凍りつく。

そしてドラゴンも、足元が凍りついて動けなくなった。

ドラゴンはブレスを吐いて氷をとかそうとするが、フィーネは続けて魔法を唱える。

「まだです！　——ブリザード！」

すると猛吹雪《もうふぶき》がドラゴンを襲い、その身体の周りに氷を生み出していった。

フィーネが叫ぶ。

「今です！」

「まかせろ！　——トランス！」

クゼルがユニークスキルを発動する。

「ぐぅっ！」

クゼルは何とか理性を保ちつつ、その場から一瞬でドラゴンとの距離を縮める。

剣はいまだにドラゴンの目に突き刺さったままであり、今のクゼルは素手だ。

しかし彼女は、噛《か》みつこうと顎を大きく開くドラゴンの眼前に躍り出た。

「ふんっ！」

そのままドラゴンの下顎を殴りつけ、その動きを止める。

「私の剣、返してもらうぞ」

そしてドラゴンの目に突き刺さったままの剣を引き抜いて着地し、剣を構えた。

ドラゴンが悲鳴じみた咆哮を上げる中、クゼルは剣を振るう。

「これで終わりとは言っていない」

そう言って数百もの剣撃をドラゴンの胴体へと叩き込んでいくクゼル。

すると、少しずつだが強靭《きょうじん》な竜鱗《りゅうりん》が剥がれ落ちていった。

顎を殴られ、目を切り裂かれ、更に鱗《うろこ》まで剥がされたドラゴンは反撃しようとするが、中々クゼルに当たらない。

「はぁぁぁあ！」

クゼルは最後に剣を天高く振り上げ、最大の力を込めた一撃をドラゴンの胸部に目掛けて放った。

ズンッという空気を震わせるほどの重低音が響き、ドラゴンの胸が大きく裂ける。

それと同時に、拘束していた氷が砕け散った。ドラゴンはもうボロボロになっている。

「アイリス！」

クゼルの合図に、アイリスは魔剣トルトニスと魔剣テンペストの二振りに魔力を流す。

するとアイリスの体表にバチバチと紫電が走り、周囲を風が吹き荒れ始めた。

ドラゴンが魔力に気付いてそちらを向いた時には、既にそこにアイリスの姿はない。

見えるのは雷の軌跡のみ。

その頃にはアイリスは、ドラゴンの懐に潜り込んで深く腰を落として剣を構えていた。

「――双龍《そうりゅう》・風雷《ふうらい》！」

魔剣トルトニスの剣身には雷の龍が、魔剣テンペストには風の龍が巻き付いており、アイリスはその剣を振るった。

ドラゴンの身体を、衝撃が駆け抜ける。

アイリスが剣に付着した血を振り払い鞘に納めたと同時、ドラゴンがゆっくりと地面に倒れ、生命活動を停止させた。

「アイリス！」

「見事だぞアイリス！」

フィーネとクゼルがアイリスに駆け寄り、ドラゴンを倒したアイリスを褒め称える。

「当然よ！　私だって鍛えたんだから！　今の技は決勝戦で使いたかった、とっておきだったんだけどね♪」

アイリスは小さな胸を張り、えっへんとドヤ顔をキメていた。

「でも私一人じゃ倒せなかったし、これもフィーネとクゼルのお陰よ」

「みんなで力を合わせた結果ね」

「そうだな。次は一人で倒してみせるから任せてくれ」

こうしてアイリス、フィーネ、クゼルの三人はドラゴンを倒すのに成功したのだった。

第10話　ドラゴンとの戦い②

『七人の皇帝守護騎士《セブンスロイヤルガード》』のレイド、ガイズ、アッシュの三名は、一体のドラゴンと向き合っていた。

ガイズとアッシュが前衛として前に出ていたその時、レイドたちに声がかかった。

「私も手伝おう」

レイドが声の聞こえた方に視線を向けると、歩み寄ってくる人物が一人。

それは、Sランク冒険者の一人、雷影ファンスだった。

「ファンス殿、あちらの少女たちの方に行かなくていいのか？」

レイドはそう言ってフィーネたちの方を見やったが、ファンスは首を横に振った。

「いや、あの三人は強い。安心して任せられるだろう。ならこちらに混ぜてもらおうかとな……まあ、彼女たちは飛び入りの人間との連携には慣れていなそうだからというのが主な理由だが。皇帝陛下も援護は必要なさそうだしな」

「陛下はお強いからな。それにしても、ファンス殿があそこまであの少女たちを評価していたとは驚きだ」

「人を、主に強者を見る目くらいはあるさ」

「そうか。それなら加勢をお願いするとしよう」

「任せてくれ」

そうしてファンスはドラゴンに向けて魔槍を構えた。

「ガイズ、アッシュ。一度戻れ！　態勢を立て直すぞっ！」

「「応っ！」」

二人は後ろに大きく跳躍してドラゴンから距離を取る。

そこにレイドが作戦を告げる。

「トドメはファンス殿に任せるが、まずはあの硬い鱗をどうにかしなければならない。そこでまず二人だけでドラゴンを完全に抑えてほしい」

「ドラゴン相手に二人で、か？」

アッシュの言葉にガイズが困った表情をする。

なんせ相手はドラゴン、しかも彼らが受け持ったのはその中でも一番強そうな個体だったからだ。

「そうでもしないとあれは倒せないだろ？」

「まぁ、たしかにそうだな」

しかしガイズは、レイドのもっともな言葉にあっさり頷く。

「その隙に、私とファンス殿で攻撃を仕掛ける」

「わかった。レイド、お前に合わせる」

四人がそう作戦を話している最中でも、お構いなしとばかりにブレスが放たれる。

「――行くぞ！」

レイドの合図によって四人は動き出す。

まずはガイズが迫るブレスを前にして、魔法を発動した。

「――キャッスルウォール！」

ガイズの言葉に合わせて光り輝く半透明な城壁が出現し、ブレスと衝突して激しい音を立てる。

ドラゴンが放つ高出力なブレスを前に、光の城壁はびくともしない。

ガイズは笑みを作った。

「そんなんじゃ俺の壁は破れないぜ？　――アッシュ！」

「ああ！」

壁の横から飛び出たアッシュはドラゴンに迫る。

その姿を捉えたドラゴンはブレスを中断し、鋭い鉤爪で薙ぎ払おうとする。

「させるわけがないだろうが！　――アイアンウォール！」

しかしガイズのそんな声と共に、鉄でできた壁がアッシュを守るかのように地面からせり上がり、鉤爪を止める。

壁には深々とした三本の傷跡を刻まれるが、その隙にアッシュが地面に手を突いて魔法を行使した。

「――グランドホール！」

直後、ドラゴンの足元に穴が形成され、ドラゴンは体勢を崩す。

「レイド、これで十分か！」

「ああ、よくやった！」

「さすがだ」

アッシュの言葉に、レイドとファンスが武器を手に駆け出した。

「はぁぁっ！」

レイドの振るった炎の剣が、ドラゴンの関節を穿《うが》ち、鮮血を噴き出させる。

レイドはそのままファンスの名前を叫ぶ。

「ファンス殿、後は任せた！」

「言われなくてもこんな好機を逃すわけがない！　――魔槍ケラヴノス、解放！」

一瞬でドラゴンの懐に潜り込んだファンスが、魔槍ケラヴノスの力を解放した。

槍から青い雷が迸り、ファンスの腕と槍自身に雷を纏わせる。

ドラゴンはその一撃が自分を殺す力を秘めていると、本能で理解した。

ファンスがまさに技を放とうとしたその時、空気が爆《は》ぜた。

レイドたちがそう錯覚するほどのドラゴンの咆哮は、衝撃波となってファンスとレイドを闘技場の壁際まで吹き飛ばした。

「――ガハッ」

「――くっ」

そのまま地面に倒れ込むレイドとファンスの二人に、やや離れていたお陰で衝撃波を喰らわなかったアッシュとガイズが駆け寄る。

「大丈夫か⁉」

「おい、しっかりしろ！」

その隙にドラゴンは翼を羽ばたかせ上空に飛び上がり、レイドたち四人を見下ろす。

そして顎を大きく開き、ブレスを放とうとしていた。

先ほど以上の密度で高まる魔力。

「あれはヤバいぞ！」

「それくらい見ればわかる！　ガイズ、防げるか？」

「聞くな。俺じゃあ無理だ」

「……そうか」

考え込む三人に、そこにファンスが声を上げた。

「何をしている、ブレスが来るぞ！　別に防がなくてもいい、その前に奴を倒せばいいだろう！」

「だが相手は空中だ」

レイドの反論に、ファンスは首を横に振ると、自身の考えを簡単に伝える。

説明を聞いた三人が静かに頷いた。

「――ファンス殿の言う通り、それしか方法はないか。協力しよう」

「助かる……さあ、時間がない。行くぞ！」

ファンスの合図によって四人が動き出した。

「ガイズ！」

「行くぞ！　――グランドウォール！」

アッシュの声掛けに応じて、彼を乗せたまま、足元の地面が隆起してドラゴンに向かって伸びていく。

隆起した地面から跳躍したアッシュは、ドラゴンの顎下まで迫った。

ドラゴンはアッシュに気付いているが、今はブレスを吐くのに集中しており対応できない。

アッシュは手に持つ剣に魔力を流す。

「これでも喰らっとけ、トカゲ野郎！」

そんな言葉と共に、斬撃が放たれた。

顎下から斬撃を喰らったドラゴンは、その衝撃で頭部を上空に向ける。

それと同時にブレスが放たれ、空を覆っていた雲を吹き飛ばした。

「よくやった、アッシュ！」

「あとは任せたぞ、レイドにファンス殿！」

「任されたー！」

「もちろんだ！　これでケリを付けようじゃないか！」

「ガイズ！」

「応！」

レイドは先ほどのアッシュと同様にガイズの魔法を使い、ドラゴンに向かって跳躍した。

「さっさと地面に落ちろ！　応えろ——魔剣フラマ！」

レイドの持つ剣が真っ赤に燃え、炎が噴き上がる。

「——業火の断罪《インフェルノ・ジャッジメント》！」

振り下ろされた魔剣が、体勢を崩していたドラゴンの右翼を切り飛ばした。

グルァアアアアアアッという咆哮と共に、ドラゴンは地面に墜落《ついらく》していく。

その先で待ち受けていたのは……

「三度目はない――魔槍ケラヴノス！」

魔槍ケラヴノスを構えるファンスだった。

「これで終《しま》いだ！　――雷霆万鈞《らいていばんきん》！」

ファンスの放った雷の一撃が、墜落するドラゴンの胸を貫いた。

ドラゴンは心臓を焼き貫かれ、力なく地面に倒れこむ。

こうして三体目のドラゴンも、無事に倒されたのだった。

◇　◇　◇

地上での激闘が繰り広げられている頃――

グルァァァァァァッ！

上空に滞空するドラゴン二体が、ゼロに向けて威圧を放っていた。

晴人に任されていたゼロは、戦いが始まると同時に、二体のドラゴンをつれて上空までやってきていたのだ。

ドラゴン二体は、たった一人で自分たちを相手取ろうとしているゼロに怒りを感じていた。

だがそんな威圧もゼロは柳《やなぎ》に風と受け流す。

「私が誰か知らないのですか？」

ゼロが言葉を投げかけるも、ドラゴン二体はそれを無視し、「グルァァァァァァッ」という咆哮と共に、いくつもの魔法陣を展開する。

ものの数秒で構築された無数の魔法陣から、数多の魔法がゼロに向けて殺到する。

殺意に満ちた攻撃に対して、ゼロは右手のひらを正面に突き出した。

「――暗黒の障壁《ダークネスバリア》」

闇の障壁が展開されるのと、ドラゴンが放った魔法が直撃するのは同時だった。

全ての魔法が、音も立てずに闇の壁に吸い込まれていく。

魔法による攻撃が効かないと判断したドラゴン二体は、その顎を大きく開き魔力を集中させる。

「この魔力反応、ブレスですか。いいでしょう。あの悪魔が使っていた技でも試してみましょうか」

ゼロがそう言って暗黒の障壁《ダークネスバリア》を解除するのと、ドラゴンたちがブレスを放つのは同時だった。

「――深淵の渦《アビスホール》」

ブレスはゼロの突き出した手のひらに現れた黒い渦に、吸い込まれるようにして消えていく。

ドラゴンたちはブレスを放ち続けるも、黒い渦はまだまだ消えない。

『深淵の渦《アビスホール》』は、使用者の魔力が尽きるまで行使が可能であり、消費魔力はゼロからしてみれば微々たるものだった。

しばらくしてブレスがやむ。

「ふむ。どうやらうまく再現できたようですね。ですが、魔力使用量はまだまだ抑えられそうです」

満足して頷いたゼロは魔法を解除し、ドラゴンたちに視線を向ける。

「空《そこ》は私の領域ですので、そろそろ降りていただきましょうか」

そして一瞬でドラゴンの横に出現し、右腕だけを竜化させ技名を呟いた。

「では墜《お》ちてください――竜の鉤爪《ドラゴンクロー》」

右腕から放たれた三本の斬撃が、ドラゴンの左翼を切り裂く。

「あなたもですよ」

そう言ってもう一体のドラゴンの右翼も同じく切り裂いた。

ゼロとしては、この程度の敵なら瞬殺しようと思えばできる。

だがそれではつまらないから、楽しんでいるのだ。

それができるのは絶対者として君臨していたゼロだからこそ。

墜落していくドラゴンに、ゼロは追い打ちをかける。

「片翼だけ残っていては可哀想ですね――来なさい」

言葉に応じるようにして虚空《こくう》から剣の柄が現れ、ゼロはそれを引き抜いた。

その剣の名前は――竜魔剣グロリアース。

レア度が神話《ゴッズ》級の魔剣であった。

ゼロは落ちていく二体のドラゴンの、それぞれの片翼に目掛けて魔剣を一閃する。

赤黒い斬撃が翼を斬り飛ばし、グルァァァァァァッという悲痛を上げながら、ドラゴンは大きな音を立て地面に落ちた。

ドラゴンは斬られた翼から血を流しながらもゆっくりと立ち上がり、自慢の翼を斬り飛ばしたゼロを睨みつけ、グルルルルッと低い唸《うな》り声を上げていた。

「地を這《は》っていればいいのです。我が主の戦いを邪魔した罪はその命で償っていただきましょう」

そう言ってゼロは地に降り立つと、魔剣を手にドラゴンへと一歩ずつ歩を進める。

ドラゴンは近付いてきたゼロに向かって鉤爪を振り下ろし、砂煙が立ち込めるが――ドラゴンが腕を退けたそこには、血の一滴もなかった。

ドラゴンは消えたゼロをキョロキョロと探すも見つからない。

しかしもう一体は、いつの間にか再び空中に移動していたゼロの姿に気付いた。

当のゼロはと言えば、周囲を見渡して、既に他のドラゴンたちが倒されているのを確認していた。

「ではこちらも片付けるとしましょう。遊びすぎるとハルト様に怒られますから」
その言葉と同時に、ゼロの持つ魔剣から黒いオーラが溢《あふ》れ出《だ》す。
それを見て生命の危機を感じたドラゴン二体は、咄嗟にブレスをゼロ目掛けて放った。
二体のドラゴンから放たれたブレスは一直線にゼロに迫る。
それを前にして、ゼロは魔剣を二回、軽く振るった。
放たれた二つの斬撃はブレスを裂き、そのままドラゴンたちに迫ると両断する。
魔剣の持つ次元切断の能力が付与された斬撃に切れないものはない。
地上に降りたゼロは、手に持つ魔剣を見つめながら呟いた。
「ふむ。あの程度のトカゲにこれは勿体なかったですか」
彼はそう言って魔剣を空間に仕舞い、主人である晴人のもとに向かった。
こうしてダムナティオが連れてきたドラゴンたちは、あっけなく全滅するのだった。

第11話　晴人VSダムナティオ

みんながドラゴンを倒し終えたのを横目で見ながら、俺、晴人はダムナティオと鍔迫《つばぜ》り合《あ》いをしていた。

「貴様、思ったより耐えるではないか」

「そりゃあどうも」

「ふんっ！」

俺の飄々《ひょうひょう》とした態度が気に障《さわ》ったのか、先ほど以上の力がダムナティオの剣に加わり、俺はその場から数メトル後ろに弾き飛ばされる。

ダムナティオの持つ剣はなかなか強力な気配を持っているが、俺の愛刀ほどではない。

黒刀紅桜は神話級《ゴッズ》なので、あの剣はその一段下の幻想級《ファンタズマ》だろうか。

気になった俺はダムナティオが持つ剣を鑑定する。

名前　：魔剣ディミオス
レア度：幻想級《ファンタズマ》
備考　：所有者の基礎身体能力を五倍にする。
刃は自動修復し、修復の度、より強固になる。
この剣に斬られた者は呪いの効果を受ける。
呪いの詳細は、魔法の発動制限、身体能力と戦闘スキルの威力の20％減。

呪いがだいぶ厄介そうだが、それ以上に自動修復が気になる。

一度折ってみたら、どんな感じで修復されるかわかるかな？

「どうした？　我の剣を見て怖気付《おじけづ》いたか？」

俺の視線の先に剣があることに気付いたのか、ダムナティオはそう言ってきた。

しかし俺はそれを鼻で笑い飛ばす。

「ふん、魔剣に俺がビビるとでも？」

「ほう、これがよく魔剣だとわかったな？　そうさ、この魔剣ディミオスにかすりでもすれば、お前はもう終わりだ……おっと、どんな能力かは教えんがな」

魔剣だと見抜いたことに感心した様子を見せつつも、自慢げに語るダムナティオ。

だが残念、俺はもうその剣の能力を知っている。

「当たらなければ問題ないさ」

そう。当たらなければ問題ないのだ。

まぁ、正直興味があるので少し当たってみたい気持ちはあるが、そんな危ない橋を渡る勇気は俺にはない。

そもそも油断すれば死ぬかもしれないのだ。そんなことはできるはずがなかった。

俺の言葉に、ダムナティオは不機嫌そうにする。

「そうか。しかしいつまでそう余裕でいられるかな」

ダムナティオは一瞬で俺の近くまで接近すると、俺の腹部目掛けて鋭い突きを放ってきた。

俺はその一撃を、体をわずかに反らすことであっさりと回避する。

「無駄だ」

ダムナティオは短い一言と共に、突き入れてきた剣をそのまま横薙ぎに振るう。

「まあ、そうくるよな」

しかし俺は驚きもせず、少し後ろに飛び退きつつ、スキル金剛によって硬化させた腕でその剣を受け流した。

「——なっ⁉　スキルを使ったとはいえ、素手で受け流しただと⁉」

「これくらいできて普通だろ？　今度はこっちから行くぞ！」

驚愕するダムナティオの前で俺は一度愛刀を鞘に納めると、そのまま一歩前に踏み出して抜刀しながら一閃。

「ぐぅっ‼」

ダムナティオは魔剣でその一撃を防ぎつつ、たまらずといった様子で大きく後ろに飛び退く。

再び構えようとするダムナティオだったが、次の瞬間、ピキピキッという音と共に、魔剣ディミオスの剣身が砕け散り、破片が地面に落ちる。

「なにっ⁉　長年欠けることすらもなかったディミオスが一瞬で粉々に……そうか、貴様が持つその細い剣、さては神話級《ゴッズ》だな。どうりでこのディミオスが砕けるわけだ」

ダムナティオは一瞬驚愕の表情を浮かべるも、すぐに納得したように頷く。

そして柄だけになった剣を構えて、声高《こわだか》に唱えた。

「――魔剣ディミオス」

その声に反応するように、地に落ちていた魔剣の破片が宙に浮かび、逆再生のように元の剣の形に復元していった。

先程の鑑定結果通りなら、さっき以上に硬くなったのだろう。

ダムナティオは得意げに笑みを浮かべ、魔剣を天に掲げる。

「さて、もう一度この剣を砕くことはできるかな？」

その言葉と同時に、魔剣の剣身に黒い炎が纏わり付き――ダムナティオは魔剣を振り下ろした。

剣から放たれた黒い炎は、凄まじい速度で一直線にこちらに飛来する。

俺は慌てることなく横に飛んで回避するが、その瞬間、ダムナティオが嗤《わら》ったような気がした。

「いいのか？　そのままだとお仲間が死ぬぞ？」

「――ッ⁉　お前！」

咄嗟に確認すれば、黒い炎はフィーネたちの方へとまっすぐに向かっている。

俺は炎の進行方向に転移する。

「――空間断絶結界《イージス》！」

大きく展開された結界にダムナティオが放った黒炎が直撃する。

しばらくすると炎が収まり、通り道になっていた地面が大きく抉《えぐ》れていることが確認できた。

くそ、まさか仲間を狙ってくるなんて。完全に油断してた。

俺はすかさずダムナティオの背後に転移して、手にしていた刀を振るう。

だが俺の刃はダムナティオに届かなかった。

回避されたわけではない。魔剣によって防がれたのだ。

しかし魔剣には再び大きな亀裂が走り、今にも壊れそうだ。

俺は剣を一度構え直してから、そのまま逆袈裟に切りつけた。

「ちぃっ!!」

これ以上受ければ完全に破壊されると思ったのだろう、ダムナティオは後ろに飛んで回避する。

しかし切っ先がかすっていたようで、胸から鮮血が噴き出た。

ダムナティオは剣を構え口を開く。

「魔剣ディィミオ――」

「させると思うか？」

そう言って俺は高速移動のスキル、縮地を使ってダムナティオに詰め寄る。

しかし目の前に迫った瞬間、危機察知スキルが発動したために、俺は再び距離を取った。

その直後、その場所から上空に向けて、炎の柱が噴き上がった。

「チッ」

「ふん、避けるとは思わなかった——魔剣ディミオス！」

攻撃できなかったことに舌打ちし、魔剣の再生を許してしまった。

苦々しく思いながら、俺はダムナティオに言葉を投げかける。

「まぁ、ただの勘さ。それより、そろそろ休みたいんだが？」

「別に好きに休めばいいさ。その隙に帝都が滅ぶだけだが」

そうなるよな。

ダムナティオに対処できるのは、俺かゼロくらいだろう。

帝国最強であるオスカーも、ドラゴンとの戦闘で体力を消耗している。

それは他の面々も同じで、仮に力を合わせてもダムナティオには敵わないだろう。

というか今気づいたんだけど、この世界、割と勇者より強い人多くないか？

とにかく、どうにかしてダムナティオを撤退《てったい》させるか、倒すかしないといけない。

俺はダムナティオを見据えて問いかける。

「……撤退する気はないのか？」

「逆に、貴様は私が撤退するとでも思っているのか？」

普通に考えればそんな理由はないよな。

「ならここでお前を倒すしかないということか」

「そういうことだ。さあ、どちらかが死ぬまで戦おうではないか。フフフ、楽しいな！」

どうやらダムナティオは戦闘狂らしい。

魔族にもいるのかよ……

そう思いつつも、俺は刀を構えながら、周囲の状況を確認する。

ドラゴンを倒し終えたフィーネたちは、全員で闘技場の隅に固まっていた。

ゼロもいるから大丈夫だと思うが、守りやすくて助かるな。

しかし闘技場は既にかなりボロボロになってしまっていた。客席には人がおらず、いつの間にか避難が完了していたらしい。

これなら心置きなく戦える。

そう思った瞬間、ダムナティオが剣を振るい、斬撃を飛ばしてきた。

俺も同じように斬撃を飛ばし、相殺を狙う。

二つの斬撃が衝突したことで衝撃波が生まれ、俺たちに襲いかかった。

みんなの方にちらりと目を向けると、ゼロが障壁を張って守ってくれている。

ゼロならみんなのことを任せても安心できるな。まったく、優秀な執事《しつじ》だ。

感心する俺に、ダムナティオが声をかけてくる。

「どうやら油断はしていないようだな」

「当たり前だ。油断していい相手じゃないだろう？」

「ふん、わかっているではないか」

そう言ってダムナティオはその場から姿を消す。

「消えた!?」

フィーネの驚きの声が聞こえてきたが、消えたように見えるほど動きが速かっただけだ。

気配察知で居場所も把握していた俺は、振り向きもせずに背中側に刀をかざし、ダムナティオの剣を受け止める。

「ほう、これを防ぐか。やるではないか」

「どうも」

俺はそう返事をしながら一瞬でダムナティオの背後に転移する。

「チッ、小癪《こしゃく》な！」

ダムナティオは振り返り様に魔剣を振るうが、屈んでいた俺の頭上を通り過ぎただけだ。

俺は立ち上がりながら刀を振るってダムナティオの剣を二つに切断し、続けて腹部を蹴りつけた。

「うぐぁっ！」

ダムナティオは勢いよく吹き飛ぶと、背後の壁にぶつかり、口から血を吐く。

しかしすぐに身体を起こし、口元の血を拭《ぬぐ》って哄笑《こうしょう》をあげた。

「何がおかしい？」

「気付いていないのか？」

ダムナティオの返答を聞いて、ようやく頬がジンジンと熱いことに気付いた。

頬を拭った手には、血が付いている。

「……斬られたか」

「そうだ。体が重いだろう？」

全然気付いてなかった。

なにせ、切られたら能力が下がるはずだからすぐに気付くと思ってたんだが……正直に言えば何も感じない。

なので、素直にそれを伝える。

「いや、何も感じないんだが……？」

「強がりのつもりか？　――魔剣ディミオス」

ダムナティオの言葉によって、三度《みたび》、魔剣が修復される。

そして再びダムナティオの姿が消えた。

今度は気配察知にも反応がないことから、何かしらの方法で気配を消したのだろうと推測する。

次の瞬間、俺の危機察知スキルが警鐘《けいしょう》を鳴らし、魔力察知が上空で大きな反応を感知した。

俺が見上げると、そこにはダムナティオが魔剣を天に掲げている姿があった。

掲げられている魔剣には、膨大な量の魔力が集まっている。

一体何をしようとしているのかわからないが、あの魔力を込められた攻撃なんて放たれたら、周囲一帯に被害が出ることは間違いない。

「これでお終いだ。全員、我が魔剣の餌食《えじき》となるがいい！　――解放せよ、魔剣ディミオス！」

ダムナティオがそう言うと同時、魔剣に集まっていた魔力が解き放たれた。

すると空中に、無数の魔剣ディミオスが出現する。

その数は数千ほどだろうか。

さらに、全ての魔剣が炎を纏っている。

みんなの方を見れば、ほとんどが空を見上げて絶望の表情を浮かべる中、俺に期待の眼差《まなざ》しを向けている者がいた。

フィーネだ。

「ハルトさん」

強化した俺の聴力が、彼女の声を拾う。

フィーネはしっかりと俺の瞳を見据えていた。

「私たちは信じていますから。いつものように倒してくれるって」

そんなフィーネの言葉に、俺はついつい笑みを浮かべる。

信頼に応えないわけにはいかないよな。

そんな中、ダムナティオの声が響いた。

「貴様にこれを止めることができるか？」

ゆっくりと、ダムナティオの掲げていた魔剣が振り下ろされ、それを合図にして全ての魔剣が地上に向かって飛来してくる。

迫り来る数千もの魔剣を前に俺は不敵に見えるように笑い――刀を鞘に納めた。

そんな俺の姿を見て、ダムナティオが笑う。

「まさか諦めたのか？」

「そう見えるか？」

俺は深く腰を下ろして目を閉じ、時空魔法の一つ、空間把握を発動する。

「――止まれ」

その瞬間、数千もの魔剣がピタッと空中で静止した。

時空魔法で全ての剣の座標を割り出し、それを固定したのだ。

「な、何が起きた⁉」

驚きの声を上げるダムナティオを無視して俺は続けた。

「――重力反転」

言葉に合わせて、魔剣の切っ先がダムナティオの方に向く。

重力魔法で、剣の向きを弄《いじ》ったのだ。

「なっ⁉　まさか！」

俺が何をするのか察しがついたのだろう。

「俺には必要ないから返してやる」

そう告げると、魔剣がダムナティオに向けて放たれた。

「クソがぁぁぁぁぁぁぁっ！」

迫る剣が体に触れようとしたところで、魔法を解除したのか全ての剣が消滅する。

しかしかなり無理をしたのか、ダムナティオは息を切らしていた。

もちろん、この隙を見逃す俺ではない。

俺は鞘に納めたままの刀の柄に手をかけ、言葉を紡ぐ。

「――桜花乱舞《おうからんぶ》」

神速による抜刀と同時、真紅の魔力をまるで桜の花びらのように撒き散らしながら、斬撃が飛ぶ。

ダムナティオの左腕が宙に舞い、さらに魔力の花びらが触れたところにも、小さな斬撃が生まれる。

ボロボロになったダムナティオが俺を睨みつけてきた。

「ぐっ、なぜだ！　なぜディミオスに斬られたはずなのに、そこまで強力な技が、スキルが使えるッ!!」

確かにそれは俺も疑問なんだよな。

そう思っていると、エリスが答えてくれた。

《魔剣ディミオスの呪いの効果はマスターのスキル状態異常無効によって無効化されています》

え、そうなの？

《はい。それ以外にも、こちらに悪影響を与えるスキルや武器についても、自動的に私がレジストしています。先日戦った、シュバルツと名乗っていた悪魔クラスが相手となると、完全なレジストまで時間がかかりますが、今回のダムナティオの魔剣はそこまで強力ではなかったということです》

さすがエリスだ。わからない情報はエリスに聞くに限るね！

だが、これで納得はできたな。

ダムナティオの質問に答えますか。

「状態異常無効のスキルって便利だよな？」

「……クソがぁぁぁぁぁぁぁぁぁ！」

激昂《げきこう》したダムナティオの全身と魔剣から魔力が噴き上がり、魔剣はその姿を空気に溶かすように消えていく。

そしてその魔力は、繭《まゆ》のようにダムナティオに纏わりついていき、その中が見えなくなった。

遅れてドクンッ、ドクンッと鼓動のような音が、どこからともなく聞こえてくる。

その心音は次第に大きくなり始めた。

「……なんだ？」

「どこから聞こえる？」

レイドやオスカーたちにも聞こえているようで、音の出所を探している。

闘技場全体に響いているためにわかりづらいが、これは……

あのダムナティオの魔力の塊の中から聞こえてくるな。

俺が警戒しつつ見ていると、異常なまでに膨れ上がった魔力が渦巻いていく。

「ハルト様」

そこにゼロが駆け付けてきた。

「ゼロか。お前にもわかるか？」

「はい。これは……」

「ああ……」

魔力の繭の向こう側に、変化していくダムナティオの肉体が見える。

俺は試しにファイヤーランスを放ってみるが、いつの間にか張られていた障壁によって弾かれてしまった。

相当な魔力密度の障壁のようで、生半可《なまはんか》な攻撃では破るのは困難だろう。

それなりに強力な魔法を使えば破れるかもしれないが、関係ないところに被害が出る可能性が高い。

しばらく待っていると、ダムナティオからゼロに近い力を感じるようになり、障壁の奥に見える身体も肥大し始めた。

まさか、ゼロと同クラスのドラゴンになるのか!?

俺が身構えていると、オスカーが俺とゼロのもとに駆け寄ってきた。

「おい、ハルト！　これは一体……！」

「皇帝陛下、ここにいるみんなを避難させてくれ」

「それはわかったが、何が起きているんだ！」

「ヤツは今、ドラゴンになろうとしている」

「なに⁉　止められないのか！」

「アレは無理だな。周囲の障壁の魔力密度が高くて攻撃が通らない。障壁を破るほどの魔力を込めても、本体に通じるかはわからないし、周囲の被害が大きくなる。静観しているのが無難だろうな」

「だが！」

焦るオスカーに、俺はダムナティオの腕を指さして告げる。

「見てみろ。切り飛ばした腕が異常な速度で再生している。それにあの形は……ドラゴンだ」

「なっ⁉」

そう、俺の言葉通り、ダムナティオの肉体はドラゴンに近付いていていた。

オスカーは驚きの声を上げるが、すぐに頷いた。

「……わかった。避難させよう」

「頼む……と、そうだ。待ってくれ」

「どうした？」

オスカーに聞きたいことがあったんだ。

「ダムナティオが探してるという覇者の宝珠ってなんだ？」

「今、何と言った？」

「だから覇者の宝珠だ。それを探しに来たらしい。ここにあるのは確実だって」

それを聞いて、オスカーは今まで以上に渋い顔をする。

「あれを狙ってここに……そうかそういうことだったか。忌々《いまいま》しい宝珠め」

「どういうことだ？　万が一奪われた時、どうすればいいかわからないから、対処法を考えるためにも応えてくれ」

オスカーは黙り込んでしまったが、俺の視線に耐え切れなかったのか、やがて重い調子で口を開いた。

第12話　覇者の宝珠

「覇者の宝珠とは、負のエネルギーと膨大な魔力が凝縮された宝珠のことだ――」

オスカーはそう前置きし、話し始めた。

話をまとめるとこうだ。

帝国が建国されるより前、この地にはいくつもの村々があった。

人々は幸せに暮らしていたのだが、そんな平和は一人の魔族の手によって崩れ去ることとなる。

魔族は村々を襲い、人々を恐怖で満たした。

だが、それだけでは終わらなかった。

特殊な魔法により、人々に呪いをかけたのだ。

呪いによって人々は負のエネルギーを生み出し、死ねば怨念《おんねん》によってそのエネルギーは増幅する。

やがて増幅したエネルギーは魔力へと変わり魔物を生み出した。その魔物も人々を殺戮《さつりく》した後、負のエネルギーに蝕《むしば》まれ死滅し、その土地には負のエネルギーと、そこから生まれた魔力だけが残った。

呪いをかけた魔族は、強大なエネルギーと魔力を宝珠に収めたが、そこにとある男がやってくる。

彼は魔族を倒して宝珠を回収すると、呪いにかからなかったり魔物の襲撃から逃れたりしていた人々を集め、国を築いた――

それが、このガルジオ帝国の前身となる国の成り立ちらしい。

そこから力をつけ、他国を侵略して領土を広げ、やがては帝国と呼ばれるまでになったとか。

ともかく、その宝珠は、現在では帝城の地下深くに、いくつもの魔法による結界と封印を施されて厳重に保管されているそうだ。

しかし、重要なことを使うとどうなるんだ？」

「それで、その宝珠を使うとどうなるんだ？」


「……詳しいことはわからないが、初代が書き残した文書がある。それによれば、その宝珠の力を使うことで、魔王すら凌駕《りょうが》する力が手に入る、と。そのため、一般に広まっている建国の話では、宝珠は初代によって砕かれ浄化されたという話になっているんだ。現在も残っていることは、皇帝家代々の秘密なのだが……」

「その情報がなぜかダムナティオに渡った、と……」

忌々し気にオスカーは頷く。

するとその時、ずっと聞こえていた脈拍の音が速くなり、展開されていた障壁に亀裂が入った。

俺は再びオスカーに目をやる。

「そろそろみたいだな……皇帝陛下」

「オスカーで結構だ。ハルト」

オスカーは俺の呼び方に対して訂正を入れた。

向こうがそれで呼んで構わないというならありがたい申し出だ。

「わかった、オスカー。それとここからは俺の戦いだ。任せてくれ」

「おい！　私では足手纏いだと言いたいのか！」

「陛下！」

オスカーが怒りの表情を浮かべるが、そこに後ろから声がかかった。

振り向くとそこには、レイドたち『七人の皇帝守護騎士《セブンスロイヤルガード》』が立っている。

「皇帝陛下も早くお逃げください！」

「私は大丈夫だ。お前たちは先に避難して民を守れ！」

「ですが！」

レイドたちはオスカーの身が心配なのだろうが、当のオスカーは聞く耳を持たない。

そこでレイドが俺を見る。

言いたいことは理解している。オスカーを説得してほしいのだろう。

実際のところ、ドラゴンとの戦いで消耗しているだろうし、簡潔に告げる。

「オスカー、ダムナティオがあの障壁の中から出てくるのもすぐだろう？　ここは俺に任せろ」

「確かに消耗はしている。しかし私は皇帝だ！　民を守る義務がある！」

「オスカーの言いたいことは十分に理解できる」

「ならば――」

しかし俺はオスカーの言葉を遮る。

「あんたは皇帝だ。命令を待つ者がいる。皇帝がいなくなったら、誰が民を導くんだ？」

俺の言葉にハッとしたように、オスカーはレイドたちを見る。

視線を向けられたレイドは、力強く頷いた。

「ハルト殿の言う通りです。どうかここは私たちと一緒にお逃げください」

その言葉で決心がついたのか、オスカーは俺を見る。

「……わかった。頼んでいいのだな？」

「もう忘れたのか？　さっき『任せろ』って言っただろう……だがまあ、その分報酬はきっちりといただくとするかな。何せ俺は帝国とは無関係な人間だからな」

こう言っておけば、俺は帝国から依頼を受けた形になって、オスカーとしても頼みやすいはずだ。

その意図が伝わったのか、オスカーは笑みを浮かべた。

「仕方ない。帝国を救えるのなら何でも欲しいものをくれてやろう」

「その言葉忘れるなよ？」

「皇帝の名に誓おう」

「それじゃあ、報酬を楽しみにしてるぞ」

「では、あとは任せた。お前たち、行くぞ」

オスカーの言葉に、レイドたちは「御意！」と答えると、闘技場の出口へと向かう。

彼らがいれば、闘技場の外の民衆は守ってもらえるだろう。

そんなオスカーたちと入れ替わるようにして、フィーネ、アイリス、アーシャ、鈴乃、エフィルが心配そうな顔で駆け寄ってきた。

そしてその後ろから、嬉しそうなクゼルがやってきて――

「ハルト、私も――」

「ダメだ」

「まだ何も言ってないぞ!?」

「アレと戦いたいんだろ？」

「うむ！」

「どう考えても却下だろ……」

「そんなぁ……」

うんうん、そう言うと思っていたよ。相変わらず脳筋は治らないようだ。

ゼロを見ると、俺の視線の意図を察したのか静かに頷く。

「お任せください」

「頼む……それに、みんなも心配するな」

俺が視線を向けると、フィーネがまっすぐに見つめてくる。

「無事に戻ってきてください」

「当たり前だ」

そんなフィーネの言葉に、俺は笑みを浮かべた。

「では、これは私からのお守りです」

フィーネがそう言って、俺の頬にキスをした。

驚きのあまり呆然《ぼうぜん》としている俺に、フィーネは恥ずかしそうに頬を染めながら「お守りですから！」と言う。

すると、慌てたようにアイリスに鈴乃、エフィル、アーシャも同じように俺の頬にキスをしていく。

というか、さり気なくアーシャも頬にキスをしてきたな。

クゼルは「わ、私はしないぞ……？」とか言っていたが、「ハルトなら勝つと信じている」と、俺の胸を拳でコツンと叩いた。

そしてゼロに連れられて、フィーネたちも闘技場を後にする。

「お守りを貰った手前、負けるなんていう恥ずかしい姿は見せられないな」

俺は思わず笑ったが、すぐに気を引き締めた。

闘技場に残ったのは俺と、空中に浮かぶ、亀裂の入った障壁に包まれたダムナティオのみ。

「さて……」

既に放たれる気配が尋常ではなく、神都でのシュバルツの時と同じように、激しい闘いになるだろうことは予想できた。

俺が気を引き締め直したところで――繭が弾けた。

グルァァァァァァッと咆哮が轟き、一匹の黒いドラゴンが現れた。

ドラゴンは翼を羽ばたかせると、大きく広げる。

ダムナティオが引き連れてきた六匹のドラゴンたちよりもさらに巨大だ。

滞空するドラゴン――ダムナティオが、俺を睥睨《へいげい》しながら口を開いた。

「我がこの姿になったのだ。貴様を確実に殺してやろう……いや、殺すだけでは生ぬるい、四肢を捥《も》ぎ、眼球を抉り出して『殺してくれ』と懇願《こんがん》するまで殺さない」

ダムナティオの顔が笑みで歪《ゆが》んだように見えた。

「どうした？　まさかこの姿の私に怖気付いたか？」

安い挑発だが、あえて乗って挑発し返す。

「ハッ、そう見えるか？　ならお前の目は節穴だってことになるな。いや〜、魔族もその程度の観察力しかないのか。いや、お前はもう魔族じゃなくてトカゲか」

「安い挑発だな」

「それはどうも」

俺はスキル魔闘を発動し、さらに身体強化も重ね掛けする。

まだまだ強化は可能だが、今はこれで様子を見よう。

ダムナティオが俺の変化に気付いた。

「ほう……少しは歯ごたえがありそうだ」

「どうもありがとう」

数秒、あるいは数分だろうか？

俺とダムナティオが静かに見つめ合う中、先に動いたのはダムナティオだった。

ダムナティオの周囲に一瞬にして無数の魔法陣が展開され、魔法が放たれた。

俺は構わずにダムナティオに向かって駆け出し、飛来する魔法を次々と回避して近付いていく。

すると、魔力感知で背後に複数の反応を捉えた。

おそらく俺の後ろにも魔法陣を展開したのだろう。

これで俺は魔法陣に囲まれる形となったわけだ。だが舐めてもらっては困る。

「詰めが甘いな」

背後から迫る魔法を、地面を隆起させた壁で防ぐ。

壁はすぐに破壊されたが、その隙に跳躍してダムナティオの目の前に躍り出た。

光属性魔法を込めた刀を振るうと、魔法を切り裂きながら斬撃がダムナティオに迫る。

しかしダムナティオが冷静に鉤爪を振り下ろすと、三本の斬撃が放たれ、俺の放った攻撃を掻き消しながら俺に迫ってくる。

俺は再度斬撃を飛ばすことでそれを防ぎつつ、体勢を整えるために着地。

そこを狙ってブレスが放たれたので、急いで空間断絶結界《イージス》を展開して防ぐ。

俺はブレスの隙を突いて縮地を使い、納刀しながらダムナティオの懐に潜り込む。

「いつの間にッ!?」

ダムナティオが驚きの声を上げる中、俺は腰を深く落とし――抜刀。

静かになった闘技場にカチンという納刀音が響き渡るのと同時、ダムナティオの右腕が細切れとなった。

「ぐぅぅっ！」

体ごと細切れにしたつもりだったが、どうやら躱されたようだ。

それでもヤツにとって、腕一本失くしたのは大きな痛手だろう。

「片腕ごときくれてやる！　だが――その代償は高く付いたようだな！」

「どういう――」

俺が聞こうとするよりも早く、それは起きた。

突然足元の地面が割れたのだ。

それでも俺は焦ることなくその場を飛び退き回避するのだが、割れた地面から黒い触手のような何かが伸びてきた。

「何だ、コレ……？」

見下ろして神眼《ゴッドアイ》を使ってみても何もわからない。

「――ファイヤーボール！」

俺が放った魔法は触手に直撃するも、吸収されるかのようにして消えてしまった。

「消えた!?」

まさかの事態に驚く俺だったが、ダムナティオは説明した。

「――闇からの誘い《ダークネス・インヴィテーション》。我が編み出したこの魔法は誰にも破られたことがない。さすがの貴様でも対処できないだろう」

なるほど。オリジナルの魔法というわけか。神眼《ゴッドアイ》が反応しなかったのも頷ける。

俺は次々に迫る触手を、触れずに回避していく。

速度もそこまで速くないから、見てから避けることは可能だ。

だが――

「追尾してくるのかよ……！」

避けてもその後を追ってくるのだ。

厄介極まりない。

触れたら最後、何が起きるのかさえもわからないのだから、避けるしかないからな。

「避けても無駄だ。この魔法は敵と認識した者を追尾する。それに――」

追尾する速度が増した。

先ほどの倍くらいの速度になったが、まだまだ俺には避けられる速度だ。

「ほう、これも避けるか。だが対処はできないようだな？」

ダムナティオは満足げにしているが、対処できないわけではない。手はある。

「そう思うか？」

俺は不敵に笑ってみせた。

第13話　黒い悪夢

無数の触手を前に、俺は一度大きく距離を取って刀を構えた。

「まさか魔法を斬るつもりなのか？」

「そのまさか、さ」

俺の言葉にダムナティオは「不可能だ」と嘲笑《あざわら》う。

たしかにあの魔法は破壊できないだろう——俺以外には。

俺の持つ刀、黒刀紅桜には絶対切断の能力がある。

それに時空魔法を組み合わせればこんなことだってできる。

「——なっ⁉」

無数に迫る触手は、俺の刀によってすべてが斬り飛ばされた。

この通り、空間だって切断できるのだ。

ダムナティオは魔法が破られたことに驚くあまり、声も出ない様子だ。

「どうだ、ご自慢の魔法が破られた感想は？」

「貴様、一体何をした！」

「何って、俺はただ空間を斬っただけだ」

俺は何でもないかのようにそう言ってやった。

ダムナティオは怒り狂った様子で魔法名を叫んだ。

「——眷属《けんぞく》解放！　すべてを喰らい尽くせ！」

その瞬間、帝都の空が闇で満ちた。

まるでいきなり夜になったようだ。

そしてすぐに、帝都のいたるところから悲鳴が聞こえ始めた。

「何をし――」

ダムナティオに聞こうとヤツを見ると、全身に黒い何かを纏っていた。

魔力が急激に増したというわけではないが、それでも全身の身の毛がよだつような、嫌な予感がしてならない。

驚く俺を見て、ダムナティオは嬉しそうな笑みを浮かべる。

「聞こえてくるだろう？　恐怖による悲鳴が。先ほどの魔法は、我の眷属たちを召喚するもの。襲われた人間どもの恐怖が、我の力となるのだ。帝都が恐怖で満ちた今、我は貴様を倒す力を手に入れた。これで宝珠を手に入れれば魔王の座は――」

「……喋《しゃべ》らないと闘いもできないのか？」

実際のところ、俺は帝都の心配はしてなかった。

頼れる仲間たちと大会出場者たちがいるからな。

俺の言葉にダムナティオは、見てわかるほどに怒りを露わにする。

「――目の前のこいつを殺せ、我が眷属たちよ！」

その瞬間、無数の黒いワイバーンが空中に現れて、俺に襲いかかってきた。

俺はふぅーと息を吐き、納刀しながら腰を深く下ろす。

「――乱れ桜」

深紅の魔力が桜吹雪のように舞い散る中、俺の正面に迫るワイバーンたちの体に、無数の線が走った。

カチンという小気味良い音が響くのと同時、ワイバーンたちが一瞬で斬り刻まれ、塵となって消え去った。

「我が眷属が一瞬でだと⁉　では、これなら――」

そう言って何かをしようとしたダムナティオに、俺は一瞬で接近する。

気付いたダムナティオは俺目掛けて極太のブレスを放つのだが――

「――なっ⁉　消えただと⁉」

俺は縮地を使ってブレスの範囲から移動した。

そしてダムナティオの真下に潜り込むと、そのまま跳躍して顔面に回し蹴りを放った。

ただの回し蹴りではない。身体強化にスキル豪脚《ごうきゃく》、そして重力魔法で強化した破壊力抜群の一撃だ。おまけに光属性も纏わせている。

「ガァァァッ⁉」

そんな一撃を受ければ、ドラゴンであろうとただで済むはずがない。

ダムナティオは弾けたかのような勢いで吹っ飛び、観客席を巻き込みながら壁に激突する。

俺の一撃で力尽きたのか、ダムナティオの変身が解けてドラゴンから元の騎士の姿に戻り、融合していた魔剣が分離して地面に突き刺さった。

同時に、発動していた魔法が解除されたことによって、帝都を飛び回っていた黒いワイバーンが消滅する。

「ガハッ！」

ダムナティオのヘルムの隙間から血が飛び散った。

よほど苦しかったのか、ヘルムを脱いだことでダムナティオの素顔が露わになる。

耳はエルフほどではないが若干尖《とが》っており、肌はやや浅黒い。見た目の年齢は二十代後半といったところだろうが、魔族はエルフ同様に、年齢と見た目は合致しないからな。

すると、ダムナティオが魔剣を支えにゆっくりと立ち上がった。

あの一撃を喰らってまだ立ち上がるのか……

ドラゴンの姿の時に斬り刻んだ腕は再生していないようで、肩口からは血を垂れ流している。

ダムナティオは何かしらの魔法でその傷口を止血すると、憎悪《ぞうお》と怒りの籠《こ》もった眼差しを俺に向けてきた。

まるでお前が悪いと言いたげだが、そもそも喧嘩《けんか》を吹っかけてきたのはそっちだってことを忘れているのだろうか？

「き、貴様ッ！　よくも……ッ！」

ダムナティオは残った腕で魔剣を掴み、俺に突撃してきた。

そして気付けば俺の眼前まで迫っており、闇を纏わせた魔剣を振りかぶっていた。

速いっ⁉

俺は半歩下がると刀に光属性魔法を纏わせ、振り下ろされた魔剣を受け止めた。

骨の髄にまで響くような重い一撃が俺を襲うも、ぐっと耐える。

俺は空いた片手を握りしめてスキル豪腕を発動し、ガラ空きとなっている腹部を思いっきり殴りつける。

「——ごはぁっ！」

腹部を殴られたダムナティオは、口から血を吐きながら水平方向に吹き飛ぶ。

そしてそのまま背後の壁に激突して地面に倒れた。

「が、はっッ……‼」

もう瀕死《ひんし》だ。

俺はトドメを刺そうと、倒れているダムナティオにゆっくりと歩み寄る。

命乞いをされても助けるつもりはなかった。

ここまでの惨事《さんじ》を起こしたのだ。死人が出ているかは知らないが、少なくとも怪我人が多くいるはずだ。

自分でもわかるが、今の俺は酷く冷たい目をしていることだろう。

ダムナティオは目の前で立ち止まった俺を見上げる。

その顔は笑っていた。

「ハッ、ハハッ、ハハハハハハハハッ!!」

そして狂ったように笑うダムナティオの喉元《のどもと》に刀を突きつける。

「……何がおかしい？」

「私は死ぬ。貴様の目を見ればわかる。ああ、命乞いをするつもりはない。もっとも、したところで意味はないだろうがな」

正解だ。しかしこいつは何を言いたいんだ？

「だが、これから多くの者が恐怖で顔を歪ませながら死ぬことになる！」

「何を言って――」

「さあ、最後の宴《うたげ》を始めようではないか――『狂気《きょうき》の晩餐《ばんさん》』！」

ドクンッ、とどこからか鼓動が聞こえた。

その音は次第にドクンッドクンッと大きくなっていく。

何が起きているかわからない。

いや、この心音がコイツ、ダムナティオのものだということはわかるが、それ以外の情報がない。

さっきと同じように竜に変化するのかとも思ったが、それほどの魔力は残されていないはずだ。

「何をした……？」

「フフフッ、これは命を代償に行なう禁呪《きんじゅ》」

ダムナティオの足元に、直径十数メトルほどの大きな魔法陣が浮かび上がる。

「狂気の幕開けだ。精々生き残ってみるがいい」

そう言い残し、ダムナティオは魔法陣に吸収されるかのように消えていった。

やつの魔剣も同様に、ダムナティオが消えるのと同時に塵となって消えていく。

仕組みはわからないが、あの魔剣ディミオスはダムナティオの専用武器ということだろう。主人が死ぬと魔剣も消える。おそらくだけどそんな気がした。

そしてダムナティオも剣も完全に消滅した後、魔法陣からすべてを呑み込むかのように真っ黒な球体が現れた。

その球体が空中で弾け、地面に染みを広げた次の瞬間、異変が起きた。

地面の染みがだんだんと広がっていき、そこから得体の知れない黒いナニカが這い出るようにして現れたのだ。

これはヤバいと、スキルではなく俺自身の勘が警鐘を鳴らす。

「面倒くさい置き土産を残していきやがって！」

思わず悪態《あくたい》を吐《つ》いてしまう。

這い出てきたそれは、五十メトルほどの黒いドラゴン。

「またドラゴンか。勘弁してくれよ……今日はもう疲れたんだよ」

俺は「はぁ……」とため息を吐いた。

だが現れたからには戦うしかない。

諦めた俺は刀を抜いて、浮かび上がったドラゴンに振るった。

するとドラゴンはあっさりと両断され、黒く染まった地面に墜落した。

あっけなく倒せたなと、そう思ったが俺の嫌な予感はいまだにまだ収まらない。

「なんだ……？」

次の瞬間、ドラゴンの姿をした黒い塊は、どろりと溶け地面に吸い込まれた。

同時にスキル危機察知が警鐘を鳴らし、俺はその場を大きく飛び退く。

すると地面から、黒い手のようなモノが、俺を掴もうと伸びてきていた。

「今度はなんだ!?」

咄嗟に斬り捨てるも、黒い手は再生……いや、無数の手に分裂して襲いかかってきた。

アレに触れたらただでは済まないと、俺の勘がそう告げてくる。

「――乱れ桜！」

カチンという音と共に無数の手が細切れとなる。

それでも黒い手は異常な速度で再生して、更に増殖して再び迫ってきた。

「チッ、キリがない」

再び大きく跳躍して距離を取る。しかし――

「ッ!?　クソッ！」

いつの間にか、黒い手が俺の横に回り込んでいた。

刀で振り払おうとするも、この速度では到底間に合わない。

俺が瞬時に空間断絶結界《イージス》を張ると、黒い手は結界に直撃する。

俺は結界ごと弾き飛ばされ、後方にあった壁を突き破り、闘技場の外に放り出される。

どうやら俺の空間断絶結界《イージス》は破れないだようだが、それでも結界ごと俺を吹き飛ばすだけの力はあるらしい。

結界を解除し、空中で体勢を整えてから着地する。

そんな俺の背後から声がかけられた。

「ハルトさんッ!!」

「フィーネ!? 何で戻ってきた！」

振り向くとそこには、フィーネとゼロがいた。

周囲に人影はなく、戦地となっている闘技場の周辺の避難は完了しているようだ。

「それは、ハルトさんのことが不安で……他のみんなは、避難した人たちを守っています。それよりもハルトさん、アレは一体……」

フィーネの視線は、俺が突き抜けた穴……いや、その奥の無数の黒い手に向けられている。

俺は首を横に振った。

「わからない。ダムナティオは死ぬ直前にこの魔法を使った。狂気の晩餐とか言っていたが……ゼロは何か知らないか？」

俺の言葉に、ゼロは軽く目を見開く。

「狂気の晩餐、ヤツは本当にそう言ったのですか？」

「たしかにそう言った。もしかして知っているのか？」

ゼロは長く生きているだけあって、予想通り魔法の正体を知っていたようだ。

「ハルト様。狂気の晩餐とは――」

それからゼロが説明してくれた内容はこうだ。

禁忌《きんき》の闇魔法、狂気の晩餐。

あの魔法は命、つまり自らの『魂』を代償として発動する。

これはダムナティオが言っていた通りだ。

「その本質は死を振り撒く魔法。あの黒い手は徐々にその範囲を広げていき、いずれはこの帝都を丸ごと呑み込むまでになるでしょう。そして、あの手に触れれば即死です。状態異常無効があればある程度は耐えられますが、それでもじきに死に至ります。はるか昔、あの魔法を使った者がおり、それで生存者を一人も残さず、国一つ滅びました。私が知っているのはそれくらいです」

なるほど、咄嗟に結界を張ったのは正解だったようだ。

もしもああしていなければ、俺は今頃死んでいたかもしれない。

はぁ……こんな時に即死耐性があればいいんだけどな……いつもならこういう時はすぐにスキルを取得できるんだけど、反応がないってことはスキルがないってことか、あるいは取れないってことだな。

ということは、今ある能力でアレを何とかしなければ帝都は滅びてしまう。

幸いにもまだ闘技場の外までは広がっていないようだが……

「ゼロ、あの魔法を止めるには？」

「申し訳ございません。私にはわかりません」

「気にするな。情報があっただけでも助かる」

フィーネはゼロの話を聞いたからなのか不安げな表情をしていた。

「ハルトさん。その、逃げない、のですか……？　だってあれに触れてしまえば――」

「わかってるさ」

フィーネの言葉を遮った俺は続ける。

「まあ正直言うと、この国を助ける義理はない。でも、ここでアレを止めないと多くの人が死ぬことになる。それは俺が望んだ結果じゃない」

それに――

「オスカーに『任せろ』と言った手前、逃げることはできないだろ？　あれは何とかしてみせる。フィーネも早くみんなの所に逃げてくれ」

俺の言葉にフィーネは一旦《いったん》目を瞑《つむ》り、少しすると俺の目を見つめて「はい」と頷いた。

「ゼロ、みんなのことは任せた」

「ハルト様、ご武運を。決して油断しないように」

「ああ、情報助かったよ。それじゃあみんなを頼む」

「はっ、必ずやお守りします」

そう言ってゼロはフィーネを抱えてその場から立ち去った。

俺は闘技場に向かってゆっくりと歩を進める。

「触れれば即死とかクソゲー過ぎるよな。しかも俺が死ねば帝都民約四十万人が死ぬ、か……」

思わず笑みが零れてしまう。

嗚呼《ああ》、なんて最高な状況《舞台》なのだろうか。

「――さあ、決着の時間だ。お前が望んだ通り、最高の宴《パーティー》にしようじゃないか」

第14話　黒騎士

闘技場に戻った俺は、刀を抜いておもむろに駆け出した。

それに気付いたのか、無数の黒い手が襲いかかってくる。

俺は迫る手を斬り捨て、時には回避しながら対処法を模索していた。

闇魔法に対しては光魔法、というのがこの世界の鉄則だ。

あるいは魔族に対しては神聖魔法も効くが、この相手に効くかどうかはわからない。

そもそも神聖魔法を持っていないということで、俺は光魔法を刀に纏わせて振るった。

しかし斬られた手はすぐさま再生してしまう。

「込める魔力量が少ないのか？」

その可能性も否めない。物は試しというもの。

やってみてダメだったら次の手を考えればいい。

迫ってくる手を回避しながら接近し、刀に先ほどの倍の魔力を込めた光魔法を纏わせて振るう。

「……どうだ？」

刀は黒い手を切り裂くが、やはり再生してしまう。

だが、先ほどよりは再生が遅くなっていた。

ここで神聖魔法を獲得すれば検証はできるのだが……うん。やっぱり俺にはできないみたいだ。

パッと思いつく手が亡くなった俺は、エリスに尋ねることにした。

狂気の晩餐《アレ》はどうすればいい？　光魔法よりも神聖魔法の方が効果はあるのか？

《マスターのお考え通り、あれには神聖魔法が脅威となります。ですが、残念ながらマスターは神聖魔法を取得できておりません》

さっきも試したけど、なんで俺は神聖魔法を獲得できないんだ？

《残念ながら『勇者』あるいは『信仰者』の称号がなければ獲得はできません。マスターはどちらの称号も持っておりませんので、スキル〈神聖魔法〉の獲得は不可となっております》

そうか。ならアレの弱点となる魔法は他になにかあるか？

《光魔法です》

やはり光魔法か。

さっきの出力でも無理だったんだが、どうすれば止められるんだ？

《方法は――》

エリスは方法を教えてくれたが、その方法は至ってシンプルだった。

《光魔法、あるいは神聖魔法によって、起点となる魔法陣を壊すことでこの魔法を止めることができます。ですが、光魔法と神聖魔法以外の攻撃は無効化されます》

なるほど……

要は全力の光魔法で黒い手を切り払い、中心地に向かえばいい、シンプルな方法だな。

俺は愛刀を手に駆け出す。

俺の狙いを察したらしき無数の手が、俺の命を刈り取ろうと殺到する。

俺は迫る手を前に、刀に光魔法をふんだんに纏わせて斬り捨てながら前進する。

「見えた！　あれだな」

ステージの中央まで進むと、不気味に光り輝く、幾何学模様の魔法陣が確認できた。

「――これで終わりだ！」

光魔法を先ほど以上に纏わせた刀を振るおうとした直後、魔法陣の輝きが増した。

「なんだ⁉」

思わず手を顔の前に翳《かざ》していると、全ての黒い手が二か所に集まり、二体の黒い騎士を形作った。

手に持つ黒く禍々《まがまが》しい大剣からは、危ない臭いがする。

「なんだ、あれ……？」

その場を飛び退いた俺は、二体の黒い騎士を見てそう呟きながら、ステータスを確認する。

名前　：黒騎士
レベル：280
スキル：剣術Lv10　闇魔法Lv10
称号　：闇の騎士　死を運ぶ騎士　死の番人　闇の加護

いやいやいや！　強すぎるって！

思わぬ鑑定結果に、俺は現実逃避したくなってきた。

それにしても、レベルの高さの割にはスキルが少ないのが気になる。

剣術も闇魔法もスキルレベルは最大の10なので強いことは間違いないが、このスキルの少なさなら簡単に倒せそうだ。

ただ、手に持っている大剣もなんかしらの能力がある可能性だってある。

俺は鑑定を使い、黒騎士が持っている大剣を見てみる。

名前　：闇の大剣
レア度：不明
備考　：闇魔法で作られた、黒騎士専用武器。
武器変形、質量操作、重力操作の能力があり、
持ち主の闇魔法の威力と身体能力を二倍強化する。

思ったよりも普通の武器ではあるが、特に気になったのが『武器変形』と『質量操作』の二つだ。

名前通りの能力なんだろうが、ただの大剣とは思わない方がいいだろうな。

これを二体相手するのか……

思わぬ強敵を前に、俺は思わず「はぁ……」とため息をついた。

「でも俺がやらないと誰がやるんだって話になる、か。仕方がない」

俺は佇んでいる黒騎士を前に構え、駆け出した。

二人相手の戦闘では、懐に入ってしまえば味方を攻撃しかねないから、動きに制限がかかる。

つまり、ここは接近戦の方が戦いやすいはず。

……まぁ、この二体にそこまで考える意思や知能があるのかは定かではないが。

俺が片方の懐に入った瞬間、眼前に剣が迫っていた。

それを咄嗟に弾き返すと、すぐにもう一本の大剣が俺を両断しようと振り下ろされる。

「チッ！」

半歩後ろに下がることで、振り下ろされた大剣は真横を通り過ぎ、そのまま地面を切り裂いた。

やや体勢を崩していた俺を目掛けて、もう一体の黒騎士が剣を振りかぶっている。

よく見れば、大剣に黒いオーラのような何かが纏わりついている。

嫌な予感がした俺は、なんとなく刀に光属性を纏わせて頭上に掲げることで受け止めた。

するとなんと、黒いオーラは俺の刀を侵食しようとしてきたのだ。

だが、纏わせておいた光魔法によって、浸食は失敗しているようだった。

「なんだよそれ？」

俺の質問に黒騎士は応えない。あるいは喋れないのかもしれない。

と、そこで俺の危機察知スキルが警鐘を鳴らす。

反応したのは目の前の黒騎士ではなく、背後。

いつの間にか移動していたもう一体の黒騎士が、大きく剣を振りかぶっていた。

俺は鍔迫り合いになっている刀の位置はそのままに、身体だけを動かす。

　すると背後にいた黒騎士はまっすぐに剣を振り下ろし……俺と鍔迫り合いをしていた黒騎士を両断した。

「味方を⁉」

　驚きのあまり叫ぶ。

　縦に真っ二つになった黒騎士だったが、断面から血の代わりに小さな黒い手が生えてくる。そしてその手同士が繋《つな》ぎ合わさったかと思うと、黒騎士の身体は何事もなかったかのようにくっついた。

　再生した黒騎士は、即座に俺に向かって剣を振るってくる。

「それ、ズルくね⁉」

　再生するなんて卑怯《ひきょう》だ！　というか再生のスキルはなかったじゃないか！

　色々言ってやりたいが、黒騎士は人間じゃない。

　敵の剣を弾きながら、黒騎士の不吉な称号たちの中に、とある称号があったのを思い出し、神眼《ゴッドアイ》で詳細を調べてみる。


〈闇の加護〉

強力な闇の眷属に与えられる称号。

その多くは闇を用いた再生能力を持つ。

やっぱりあった。

この再生があるからこそ、味方を一緒に攻撃したということか？

わからないことだらけだが、簡単に倒せる相手ではないということだけははっきりした。

正直言って、再生能力持ち相手に闘うとか面倒くさい。

「どうしてこんなにも面倒くさい相手ばっかりなんだ」

俺は迫る剣を躱しつつ、倒し方を模索する。

黒騎士はドラゴン同様の、魔法生物的な何かなのだろう。

エリス、黒騎士の弱点は？

《黒騎士の弱点は光魔法と神聖魔法です》

あの黒い手の集合体みたいな存在だし、そうだよなぁ……他に何か策はないか？

《火魔法で黒騎士を倒すのは困難かと推測します。マスターには光魔法で倒すことを推奨します》

了解だ。

エリスとの会話を終えた俺は、黒騎士の大剣を弾いて大きく後退した。

「はぁ、もっと楽に倒せる相手がよかったよ」

俺は黒刀紅桜に光魔法を纏わせて、二体の黒騎士に向かって駆け出す。

接近する俺を叩き切ろうと、二体同時に大剣を振り下ろした。

「それは悪手だぞ？」

大剣の間を潜り抜けた俺は、絶対切断の能力を使って、一体の黒騎士の胴体を斬り裂いた。

続けてもう一体の黒騎士を蹴りつけようと回し蹴りを放ったが、大剣によって防がれたので跳躍して後ろに下がる。

俺は胴体を切断した一体の黒騎士を確認する。

切断された黒騎士は、再生した時同様に黒い手のようなものを伸ばし、くっつこうとしていた。

だが光属性を纏わせたことが効いたのか、動きが弱弱しく見える。

もう一体の黒騎士はといえば、真っ二つになって倒れる黒騎士に、自身の大剣を向けていた。

何をするつもりだ……？

俺がそう思うのと同時だった。

倒れている黒騎士が、黒い剣に吸い込まれるかのようにして吸収されたのだ。

すべてを吸収しきった黒騎士の体から、黒いオーラが溢れ出る。

「吸収するとか聞いてないぞ」

黒騎士から強大な気配が伝わってくる。

間違いなく、黒騎士を吸収したことで強くなっている。

俺はステータスを確認してみることにした。

名前　：黒騎士
レベル：350
スキル：剣術Lv10　闇魔法Lv10　時空魔法Lv10
称号　：闇の騎士　死を運ぶ騎士　死の番人　闇の加護

めっちゃ強くなってる！　もはや俺のレベルに近いじゃないか。
それに時空魔法なんてものまで新しく獲得しているし……
そう驚愕していると、黒騎士が大剣を掲げ――振り下ろした。
それなりに距離があるのにもかかわらずだ。
《マスター、避けてください！》
エリスの焦った声が聞こえ、咄嗟に躱す。
すると、俺の真横を斬撃が通り過ぎた。
よく見れば、斬撃が通った痕は空間が歪んでいるようだった。
「空間切断、か……？」

《どうやらそのようです。空間断絶結界《イージス》の使用は控えたほうがいいかもしれなせん》

つまり、あの斬撃は空間断絶結界《イージス》も破る可能性があるってことか？

《肯定します》

「まさか……でもそう思って動くしかないよな」

これだけ強化された相手を倒すとなると、全能力を上げるスキル、極限突破を使う必要があるかもしれないな。

ただ、使用後の反動を考えると、もう少し敵の体力を削ってから使った方がいいだろう。

ならばと、俺は別のスキルを発動する。

「――魔闘《まとう》」

深紅の魔力が溢れ出て俺に纏わりつく。

俺の変化に気付いたのか、黒騎士の動きが一瞬止まったように見えた。

その隙を突いて、俺はスキル縮地を使って黒騎士に接近して斬りかかった。

キンッという甲高い音と共に火花が散って鍔迫り合いとなるが、黒騎士はその体格をいかして、俺を上から押しつぶそうとしてくる。

黒騎士が大剣に力を籠めたのか、俺の足元が蜘蛛《くも》の巣状にひび割れた。

「だが、まだまだだな」

俺がそう言って薙ぎ払うかのように刀を振るうと、黒騎士は吹き飛び地面を転がる。

仰向《あおむ》けに転がった黒騎士に俺は接近し、空いた片手をギュッと握りしめ光魔法を纏わせる。

「ふんっ！」

そしてその拳で、身体を起こそうとしていた黒騎士の腹部を力一杯殴りつけた。

足元が陥没しクレーターとなり、そこを中心に闘技場の地面が蜘蛛の巣状にひび割れた。

俺はすかさずとどめの光魔法を放とうとしたのだが、腹部に衝撃を感じる。

「がっ⁉　なん、だ？」

吹き飛ばされた俺は、空中で体勢を整え着地して黒騎士を見た。

すると黒騎士の体から、黒いオーラが溢れ出していた。

あの黒いオーラは身体強化と同じ、あるいは今俺が使っている魔闘のように、黒騎士の体を強化しているのだろう。

黒騎士の動く速度が増して、俺のすぐ目の前に迫っていた。

振り下ろされる大剣を躱してカウンターを狙ったのだが躱されてしまう。

「判断も早いか」

そこから黒騎士と俺の攻防戦が始まる。

俺はかすり傷を負っても、スキルの自動治癒のお陰で時間が経てば傷は治る。

しかしそれは黒騎士も同様で、傷が瞬時に再生していた。

くそ、キリがないな……

そこで俺は新しい魔法を閃《ひらめ》き、笑みを浮かべる。

だが、それを放つには大きな隙が生まれてしまう。どうにかして、黒騎士の動きをそれなりの時間止めておきたいところだが……

俺は大きく後方に跳躍すると、黒騎士に向かって様々な魔法を放つ。

黒騎士は俺に向かって駆け出し、手に持った大剣を振り下ろした。

振るわれる大剣を弾き返し、そのまま掌打を胴体に打ち込んだ。

くの字になって吹き飛ぶ黒騎士は、闘技場の壁に衝突して地面に転がる。

今なら新しい魔法を――と思った瞬間、立ち上がろうとする黒騎士に異変があった。

その背中から四本の黒い影のような腕と、大剣が生えてきたのだ。

「はぁ……第二形態ってやつか？　いや、ドラゴンとかも含めたら第何形態だ？　まったく、いくつまであることやら」

俺はさらなる強化を遂げた敵にため息をつく。

だがやらなければならない。

俺は再び気を引き締める。

「さあ、次はどう動く？」

愛刀を構えた俺が黒騎士を見てそう呟いた時、黒騎士の体がブレたように見えた。

それはつまり、それだけ移動速度が速くなったということ。

気付けば目の前に大剣が迫っていた。

「――ぐぁッ⁉」

咄嗟にスキル金剛を発動した腕で受け止めたのだが、想像以上の力で吹き飛ばされてしまう。

地面を転がる俺はすぐに立ち上がり、痛みに腕を確認する。

金剛を発動していたのに深い傷ができていて、血が流れている。

俺はすぐに回復魔法を使ったのだが、次の瞬間、ガクンっと体の力が抜けた。

まさかとは思うが、これは……

《呪いが発動したようです。解呪に時間を要します》

は？　呪い？　エリス、どういうことだ？

俺の疑問にエリスは応えてくれた。

《これはダムナティオが所持していた魔剣ディミオスの効果が、黒騎士の持つ剣に混ざったものと考えられます。魔剣単体では解呪できましたが、黒騎士の力と混ざったことで呪いが強化されたようです》

解呪はできるか？

《既に試みております。解呪までの推定時間は五分です》

五分か……

エリス、今の俺はどれくらい弱体してる？

《現在のマスターは本来の身体能力から30％低下しております。スキル、魔法、攻撃系スキルの能力低下も含まれます》

30％か……かなりの弱体化を受けたな。以前神都でシュバルツと戦った時と同程度まで能力が下がっているようだ。

今の黒騎士と俺、どちらが強いかと言われれば、黒騎士の方が強い。

しかし、黒騎士とか悪魔のシュバルツとか、この世界割とチートな敵が多いんだよ……これで勇者が魔王討伐？　どう見ても死地に赴くようなもんだろ……

この世界、割と終わってる気がする。

「だがまあ、もう少し頑張るか。さあエリス《相棒》、さっさと終わらせようぜ」

俺の言葉にエリスが答えた気がして、ふっと口元に笑みを浮かべる。

そこに黒騎士が大剣を振り下ろし、斬撃を放ってきた。

「はぁっ！」

俺は同様に斬撃を飛ばし返す。

弱体化しているとはいえ、俺の斬撃には空間断絶の効果がある。

結果、黒騎士の斬撃は俺の放った斬撃によって打ち破られた。斬撃は止まるところを知らず黒騎士に迫り――直撃した。

仕留めた。

そう思ったが、土煙が晴れると無傷の黒騎士の姿があった。

背中から生えた剣を持った腕が、正面でクロスするようにして防御したのだ。

「嘘だろ？」

空間断絶の効果があるんだぞ。いくら強くてもさすがにこれが防がれるとは思わなかった……いや、やつも時空魔法を持っていたから、それで防がれたのか？

瞬間、黒騎士は俺の眼前に迫り、剣を横薙ぎに振るう。

俺は咄嗟に受け止めるが、衝撃であっさりと吹き飛ばされ、壁にぶつかり肺の中の空気を吐き出した。

「かはっ！　エリス、あとどれくらいだ！」

《解呪まで残り三分です》

「了解だ。それまでは何としても持ちこたえてみせる」

口元の血を拭った俺は、土煙の先にいる黒騎士を見た。

正確には気配察知と魔力感知によって状況を確認しているだけなのだが、この二つのスキルのお陰で、どんなに視界が悪くてなっても、そして目が見えなくなっても、敵を見失うことはない。

するとそこへ、黒騎士の放った斬撃が土煙を吹き飛ばしながら迫る。

なんとか躱しつつ、黒騎士に向けて斬撃を放ったものの消されてしまう。

そんな中でも黒騎士が立て続けに斬撃を飛ばしてくるので、俺は空間断絶結界《イージス》を展開して防御する。

しかし二撃、三撃と喰らっているうちに、結界に亀裂が生じた。

もっとも、これは想定内のことだったので、俺は完全に結界が壊れる前にその場から退避する。

そしてそのまま黒騎士のもとへと縮地で接近すると、刀を振るった。

宙に舞う黒騎士の腕。

しかし傷口からまたしても黒い手が伸び、離れた腕は元通りにくっついた。

「がぁっ⁉」

そして俺は一瞬の隙を狙われ、背中から生えている腕が振るった剣に弾き飛ばされてしまった。

俺は地面を転がるも、すぐに刀を杖替わりに立ち上がり、エリスに尋ねる。

「あとどれくらいだ？」

《残り二分で解呪できます》

「はいよ、もう少し踏ん張るか」

俺は集中して黒騎士を見つめる。

黒騎士が俺に接近し、攻撃を仕掛けてくるのを捌《さば》いていく。

だが腕が計六本もある黒騎士の攻撃すべてを捌くことは、今の俺では難しい。

スキル自動治癒の効果ですぐに治るものの、全身に傷ができていった。

《――残り一分です》

黒騎士の苛烈《かれつ》な攻撃に、俺は苦悶の表情を浮かべる。

あと少し。あと少し耐えればこの状況を変えられる。

解呪さえできれば、やつを倒せるはずなのだ。

それまでに黒騎士が俺を倒すか、俺が耐えきるか。

しかしそこで、俺は黒騎士の攻撃で再び吹き飛ばされ、壁に衝突する。

「かはっ!!」

痛みで膝を突きそうになるもすぐに立ち上がる。

するとトドメでも刺すつもりなのか、黒騎士の姿が再び変わる。

背中から生えた腕と剣が身体に戻っていったかと思うと、大剣に強大な魔力が集中していく。

そして黒騎士が大剣を天に掲げると、黒いオーラが溢れ出した。

あの攻撃を放たれれば、今の俺では防ぐ手段はない。

まずい、どうする⁉

焦る俺を嘲笑うように、大剣が振り下ろされる。

死の宣告に等しい漆黒の斬撃が俺に迫る。

だめもとで空間断絶結界《イージス》を展開するもあっさりと破られ、斬撃が目と鼻の先まで来た瞬間――

《解呪に成功しました》

エリスの声が俺の脳内に響いた。

「どうやら俺の勝ちのようだな――極限突破！」

俺の体から深紅の魔力が噴き上がり天を衝《つ》いた。

これによって俺の魔力が全て回復し、全身に力がみなぎるのを感じる。

そして俺に迫っていた斬撃はと言えば、極限突破による衝撃波で消し飛んでいた。

俺はまっすぐに刀を天に掲げた。

考えていた光魔法を発動させるため、俺はその魔法名を呟いた。

「――裁きの聖十字《グランド・クロス》」

刀が振り下ろされるのに合わせて、天から光が落ちた。

光は黒騎士を呑み込むと、上部の方で水平に光が伸び、巨大な十字架を作り出す。

黒騎士は光から逃れようともがくが動くこともできず、その体を徐々に塵に変えていく。

最後に光の十字架が強く輝き、光が収まった頃には、黒騎士の姿はどこにもなかった。

ただ、地面に描かれた魔法陣は残っている。

といっても光は弱々しく、俺が近寄ったのに反応して黒い手を伸ばしてくるが、それもほんの数本で、先ほどまでの力はない。

光魔法を纏わせた刀を横に一閃《いっせん》すると、手は消し飛んだ。

そして俺はその刀を、魔法陣に向けて振り下ろした。

振るわれた刀から出た光の斬撃が、魔法陣を切り裂く。

障壁も張られていたようだが一瞬で砕け散り、魔法陣は破壊された。

「……どうだ？」

俺の問いかけに、エリスが答える。

《――闇魔法、狂気の晩餐の消滅を確認しました》

「そうか。やっと終わったのか……」

俺は極限突破を解除すると、愛刀を鞘に納め空を見上げる。

曇っていた空が晴れ、傾き始めたオレンジ色の夕日がボロボロとなった闘技場を照らし始めた。

「エリス、ありがとう」

《すべてはマスターのために》

神眼《ゴッドアイ》のマップを確認すると、どうやらみんなは帝城の方に避難しているらしい。

フィーネたちも無事だったようで俺は安堵のため息を吐いた。

「みんなのところに戻るか」

俺は帝城に向けて歩を進めるのだった。

第15話　救国の英雄

俺が帝城に辿《たど》り着《つ》くと、そこには沢山の人々がおり、その先頭には避難してきた民を守るかのようにフィーネたちや、オスカー、レイドたち『七人の皇帝守護騎士《セブンスロイヤルガード》』がいた。

「ハルトさん！」

そこへやってきた俺の姿を見て、フィーネが笑顔で駆け寄ってくる。

そんな彼女に続いて、アイリスたちも次々に、喜びの声を上げながらやってきた。

避難している人々が、なんだなんだと見てくる。

そんな中、オスカーが俺のもとに歩み寄ってきた。

「ハルト。終わった、のだな……」

みんなが思っているであろうことを代弁したオスカーに、俺は茜色《あかねいろ》に染まる空を見上げて答える。

「ああ、この通り終わったさ」

「ハルト、お前がいてくれて助かった。国民を代表して感謝する。ありがとう」

「報酬を貰うって約束したからな」

「ハハッ、忘れていなかったか」

「当たり前だ。冒険者を舐めるな」

「ふっ、お前は冒険者だったな。さて、戦いのことなど色々と話したいが、その前に……」

そう言ってオスカーは握り拳を掲げ、国民に向けて宣言した。

「敵は冒険者ハルトによって討ち取られた——我々の勝利だッ!!」

一瞬の静寂ののち、帝城に避難していた民たちから、歓喜の声が上がった。まるで帝都全体が震えているようだ。

歓声は止むことなく、民衆はいつまでも熱気に包まれている。

そんな彼らを見ながら、俺はフィーネたちに向き直る。

「みんな無事そうでなによりだ」

「それもこれもすべてハルトさんのお陰です。今回もお疲れ様でした」

フィーネはそう言って俺を労ってくれた。

たしかに今回の戦いは危険な、それどころか命に関わるようなものだった。

「ああ、さすがに死ぬかと思ったよ。しかし、あれを闘技場の外に出さずに済んでよかった」

「ですね。あの禍々しい手が闘技場から溢れていたらと思うと……」

「狂気の晩餐……最悪な魔法だったよ」

フィーネと俺の会話に、鈴乃が首を傾げる。

「晴人くん、その『狂気の晩餐』ってなんなの？」

鈴乃の質問に答えたのはゼロであった。

「スズノ様、それは――」

ゼロは俺にしたのと同じ説明を鈴乃たちにする。

「一国が滅んだって……それに触れれば即死ってのも……」

「文献《ぶんけん》で読んだことがあるわ。本当に実在するなんて……」

「エルフの里ではそんな魔法聞いたこともありませんでした」

「恐ろしいな……」

鈴乃、アイリス、エフィル、クゼルが深刻そうな表情でそう言った。

ゼロは静かに頷く。

「すべて事実です」

「それよりも晴人くんは大丈夫だったの!?」

俺の体に怪我がないか触って確かめる鈴乃に対して、「問題ない」と腕を振り回し傷がないことを報告する。

そんな俺の行動に、アイリスたちもホッと胸を撫《な》で下《お》ろした。

心配してくれるのは純粋に嬉しいな。

すると、オスカーが俺たちの話し声が聞こえていたのか、詰め寄ってくる。

「おい。どういうことだ。本当に狂気の晩餐が使われたのか!? 答えろハルト!」

レイドたちもどうなのか俺の方を見ていた。

「落ち着けって。使われたのは事実だ」

「あの魔法をハルト、お前が防いだというのか……?」

オスカーは俺の顔を見て信じられないような表情をする。

「苦戦はしたが、即死攻撃は防げたし、対処法があったからなんとか止められたよ。まあなんだ、しっかりと魔法の消滅も確認したからもう安心してくれ」

俺の言葉にオスカーは、改めてホッとした様子を見せる。

しばらくして民衆も落ち着きを取り戻し、オスカーが声を張り上げる。

「皆の者、残念だが大会は中止とする！　市街地の被害は代表者が纏めて報告するように！　今日はこれで解散だ！」

そうして帝城の広場に残ったのは、俺たちとオスカー、レイド、そしてファンスだけとなった。

「ハルト。皆を連れて明日城に来い。いいな？」

報酬を貰えるのだろうか？

それはありがたいのだが、それ以上にめんどくさい予感しかしないのは気のせいだろうか？

「……拒否権は？」

「ない。わかったな？　わかったよな？」

強制のようだ。仕方あるまい。

「わかったよ」

俺はやれやれと肩を竦《すく》めた。

「何、良いモノを用意してやる。楽しみにしておくことだ」

「良いモノ、ねぇ～……」

ニヤつくオスカーを見ると本当に嫌な予感しかしない。

「まあ、わかったよ。時間は？」

「昼に来い」

「はいよ。それじゃあ俺たちは帰らせてもらうから」

ノワールと戦った時ほどの肉体的疲労はないのだが、今日は精神的に疲れたから早く寝たい……

こうして俺たちも宿に帰るのだった。


翌日になり、俺たちはオスカーに言われた通り帝城に赴いていた。

「何があるんですかね？」

アーシャが疑問を口にする。

「昨日『良いモノ』とか言ってたし、褒賞とか感謝のしるしとか、そういうのだろうな」

「感謝されて当然よ！」

いや、アイリスさん。あなたが偉そうに胸を張ってどうするの……

アイリスの言葉には誰も反応しなかった、というより、みんなあえて触れないようにしていた。

と、そこで鈴乃が声をかけてきた。

「晴人くん」

「どうした鈴乃？」

「その、昨日はよく皇帝陛下とあんな風に話せたよね？　もしかして今回呼ばれたのは不敬罪とかじゃ……」

あー、確かに見る人が見ればそう言われても仕方ないか？　でもな〜。

「不敬罪ねぇ。俺がいなかったら帝都は滅んでたけどな！」

ふざけてそう言ったのだが、ジト目を向けられてしまう。

解《げ》せぬ……！

仕方ないので、俺は真面目に答えることにする。

「はぁ……大丈夫だよ。オスカーはそんなことを気にする性格じゃない。それに周囲の連中が何か言っても、オスカーが黙らせてくれるさ」

俺の言葉に、フィーネたちは納得したようなしていないような顔になる。

城門に到着すると、俺に気付いた門番二人組が頭を下げてきた。

そしてその片方が、こちらに近付いてくる。

「これはハルト様！　この度は帝都を救ってくださりありがとうございます！　陛下からはハルト様とお連れの方が来ると聞いておりました。少しお待ちいただけると幸いです。すぐに案内の者を呼んできます！」

「待ってるからそんなに慌てるなよ〜」

門番は一人を残して、城内へと人を呼びに走っていった。

その間に俺はもう一人の門番に聞いてみる。

「ちょっといいか？」

「は、はい。何でしょうか？」

「俺たちが呼ばれた理由だが、オスカーから何か聞いていないか？」

「いえ、詳細までは。ただ、『この帝都を救ってくれた冒険者のハルトが来るから、私の元に通すように』としか……申し訳ございません」

救ってくれた、と言っているあたり、オスカーは俺たちのことを歓迎しているようだ。

しばらく待っていると、先ほど人を呼びに行った門番が戻ってきた。

彼が連れてきた人物は、なんとレイドだった。

「どうしてレイドさんが？」

不思議そうにするフィーネに、レイドが答える。

「フィーネ殿にハルト殿。他の者もよく来てくれた。陛下から、ハルト殿たちを案内するように言われているんだ。それじゃあ、謁見《えっけん》の間にて陛下と各大臣や貴族がお待ちだから付いてきてくれ」

レイドが来た理由はわかったが、謁見の間？

普通に応接間とかだと思ってたんだけど、他の大臣までいるような場なのか？

混乱しつつ、俺たちはレイドの後に続いて城内に入る。

謁見の間に向かう途中、アイリスがレイドに尋ねた。

「ねぇレイド。何で謁見の間なのかしら？」

誰もが思ったその質問に、レイドは歩きながら教えてくれた。

「昨日の出来事は、魔王軍四天王の撃退から禁忌魔法である狂気の晩餐の阻止まで、国民の知るところとなっています。これだけ事が大きいと、陛下個人ではなく国として礼をしなければ、面子が潰れることになるのです」

「それもそうね。確かにペルディスでも同じようにするわ」

レイドのその言葉に、俺たちは納得する。

魔王軍四天王の情報は他国にも知れ渡るだろうし、そうなった時にガルジオ帝国が公的な褒賞を与えなかったとなれば、国としての沽券《こけん》に関わる。

断れば迷惑をかけることになるので、これは甘んじて受け入れるしかないだろう。

そうしていると、俺たちは謁見の間の扉の前に辿り着いた。

「ここが謁見の間だ。今回のみんなの立場は、国を救った英雄とその仲間たち。だから立ったままで問題はない。陛下が決めたことであり、他の大臣や貴族も納得されていることだから安心してしい。ただ、一応公式の場であるということだけは心に留めておいてくれ」

「わかったよ」

レイドの言葉に俺は頷く。

謁見の間の扉は、ペルディス王国とは違い、黒地に竜の形をした金のレリーフが左右に描かれていた。この扉からは力強さと権力を感じる。

竜は力、武力の象徴であり、金は権力、財力としての象徴だと思う。

扉越しにレイドが声を張り上げた。

「冒険者ハルト殿とその一行の入場です！」

その言葉を合図に重厚な扉が開かれ、俺たちは拍手によって出迎えられた。

深紅のカーペットが、オスカーが座る玉座に向かって一直線に伸びている。

カーペットを挟むようにして左右に騎士たちがおり、その後ろに大臣や王侯貴族が立ち並んでいた。

オスカーの背後には六人の騎士。ガイズやアッシュ、センテスがいるので、彼ら六人とレイドを合わせて『七人の皇帝守護騎士《セブンスロイヤルガード》』なのだろう。

「ではどうぞ」

レイドの後に続いて俺たちもオスカーのもとに歩いていく。

玉座手前まで来た俺たちは立ち止まり、レイドは皇帝の側に立ち並んだ。

そうしてオスカーは口を開いた。

「よくぞ参ったハルト」

「いえ。今回はこのような場に私たちをお招きいただいたこと、恐悦至極《きょうえつしごく》に存じます」

そう言って頭を下げた。俺に倣《なら》ってフィーネたちも頭を下げる。

「面を上げよ。ハルト、いつも通りに話してもらって構わない。皇帝である私が許可しよう。他の皆も同様だ。各々話しやすいようにしてくれ。特にハルト、お前は国の恩人だ。そう慎むな」

「はぁ……ではそういたします。いや、お言葉に甘えようか」

正直堅苦しい話し方は好きではない。

顔を上げた俺の言葉に、オスカーは微笑んだ。

「それでこそお前らしい」

「で、どうして謁見の間に俺たちを？」

「まあ、正直に言ってしまえば国民や他国に示しが付かないというのが大きな理由だ」

「やっぱりか」

レイドの言葉に嘘はなかったな。

オスカーの言葉に、その場の全員が笑った。

帝国とは良い国なのかもしれない、そう思った。

「それで今回呼んだ理由は、帝都を——いや。国を救った英雄に対しての褒賞だ」

「国を救っただなんて、少し大げさじゃないか？」

「いや、ハルト。お前は我らの英雄だ。昨日も言ったが、お前がいなければ帝都はダムナティオの手に落ち、魔王軍の支配下に入ってしまっただろう」

それはつまり、帝都とその周辺の街の人々の死を意味する。

そう考えれば、大げさな表現でもないか。

「たしかに、滅んでいた可能性は十分にあった、か」

頷く俺を見て、オスカーは満足そうにする。

「だから国を救った者に何もやらないわけにはいかないということだ。で、何か欲しいものはあるか？　我が用意できるものがあれば何でも用意しよう」

「俺は地位とか金は一切必要ないが、それではダメなんだろう？」

「ああ、そうだな」

「なら——宝物庫にある魔道具を何点か欲しい」

「魔道具か、いいだろう。このあと宝物庫に連れていくから、その時に見繕《みつくろ》うといい。ただ、多少の金銭も渡させてもらうぞ。これだけは許してくれ」

「わかったよ」

「ハルトはこれで以上だな。あとは他の者たちに、だが……」

どうやら俺以外にもあるようだ。

オスカーはフィーネ、アイリス、クゼル、鈴乃、アーシャ、エフィル、ゼロへと褒美を尋ねる。

アイリスは自身が王族だからと辞退し、クゼル、鈴乃、アーシャ、エフィルは何もしていないからと辞退していた……が、四人ともそれでは示しがつかないということで、金を渡されることになっていた。

鈴乃も同じく辞退していたのだが、どうやら避難中に怪我人の治療をしていた礼として辞退を許されず、俺と同じように宝物庫の魔道具を与えられることになった。

クゼルは何か欲しいものでもあるのか宝物庫の魔道具を所望し、ゼロは本を希望していた。

こうして褒賞が決定したところで、オスカーが謁見の間を見回す。

「――最後に、国を救った英雄ハルトに最大の感謝を！」

オスカーの声で、謁見の間は拍手の音と感謝の声に包まれる。

こうして謁見が終わり、俺たちは褒賞を貰うため宝物庫に向かうのだった。

第16話　栄光と褒賞

オスカーに連れられて、俺たちは宝物庫の扉の前に来ていた。

重厚な扉の装飾は質素で、ちょっとした細工がされているだけだった。

一人の魔法士が魔法を唱えると、宝物庫の扉が開かれる。

「おおっ！」

思わず感嘆《かんたん》してしまうほど、宝物庫の中は広く、そして数多くの財宝や魔道具が安置されていた。

見るだけで、そのどれもが高額なことがわかってしまう。

「凄い量ですね……」

「宝物庫ならこれくらいはあるものよ？　でも、さすがはガルジオ帝国ね」

「私、初めて他国の宝物庫を見ました……」

「ははは、これは選ぶのに迷っちゃう、かな……？」

「迷ってしまうが、これは圧巻だ」

「す、凄いです……」

フィーネ、アイリス、アーシャ、鈴乃、クゼル、エフィルと、三者三様の反応を見せる。

俺も実際、宝物庫というものを初めて見た。

と、そこでふと気付き、俺は付いてきていたオスカーに尋ねる。

「オスカー、いくつ貰っていいんだ？」

「持っていっていい数は決めてはいない。あぁ、全部、というのはすまないが無理だ」

「それじゃあ、ちょっと見させてもらって、数個選ぶことにするよ」

「そうしてくれ。ただ、渡せないものもあるから、欲しい物が決まったら一度確認させてくれ……そうだ。スズノとクゼルの二人も、同様に数点にしてもらえると助かる。国の宝が一気になくなったら困るからな」

快活に笑うオスカーの言葉に鈴乃とクゼルの二人は頷いた。

「私は用があるから失礼するが、管理の者をここに残していくからそいつに聞いてくれ。また後でゆっくり話そう」

そう言ってオスカーは足早に去ってしまった。

オスカーは皇帝だ。彼にしかできない仕事が溜まっているのだろう。

オスカーを見送った俺たちは宝物庫に目を向けた。

「さて、選ぶとするか……あ、そうだ」

俺は大事なことを忘れており、宝物庫の管理者に尋ねる。

「触ってはいけない物とかあるのか？　もしものために聞いておきたい」

「ありませんね。触れることすら危ないモノは別で保管、というより封印しておりますから」

封印という表現を使うくらいだから、本当に危険なのだろう。

「そうか。それだけ聞ければ安心だ。もし何かあったら危ないからな……さて、それじゃあさっそく探しますか。アイリス、むやみやたらに触って壊したりするなよ？」

「わ、わかってるわよ！　もうっ！　ハルトは私のことを何だと思っているのよ！」

いきなり宝物に手を伸ばしかけていたアイリスは、ビクッとして反論してくる。

「……危険人物？」

「もうっ！」

「じょ、冗談だよ。ハ、ハハッ……さて、始めるか！」

こうして俺たちは宝探しを開始した。

王冠みたいな飾りやネックレス、貴金属類に、剣や盾などの武器、そして何に使うかもわからない道具を物色すること数分。

「これとかどうかな？」

鈴乃がとある魔道具を指差して聞いてきた。

その先にあったのは首飾りだった。

「鑑定で確認したか？」

「確認したよ。結構良かったから、どうかなって」

俺も確認してみる。

名前　：昇華の首飾り
レア度：伝説級《レジェンド》
備考　：身に着ける者の魔法攻撃の威力を三倍に上昇させる。

鈴乃が言う通り、悪くない効果だ。それどころか強力と言っていいだろう。

「そうだな。結構いい魔道具だな。まあ魔道具というよりは宝具と言った方がいいのかな？」

「だよね。ちょっと聞いてきてみるよ～」

そう言って鈴乃は、これを選んで大丈夫なのか管理者に聞きに行った。

そんな彼女を見送って、俺は魔道具の物色を続ける。

すると、宝物庫の奥の方に高価そうな剣があった。

「こんな所で掘り出し物か……？」

ここにあるということは、高性能な魔剣なのだろう。

というわけでさっそく鑑定。

名前　：魔剣ブラッドカース
レア度：伝説級《レジェンド》
備考　：この剣を使う者は、攻撃力以外のステータス、魔法の威力が半減する。
使用者の血液を吸い取り、攻撃力に変換する。

いや、呪いの魔剣じゃん……こんなの誰が作ったんだよ。てかなんで宝物庫にあるんだ。

こういった類の魔道具や魔剣は別の所に保管してるんじゃやなかったのか。

俺がその剣を睨みつつ、そんなことを考えていると、横にクゼルが立った。

「おお、ハルト。お前もこの剣に目を付けたのか？　私も欲しいと思っていてな」

そう言って魔剣ブラッドカースを手に取ろうとするクゼルを俺は止めた。

「それだけはやめておけ」

「なぜだ？　いかにも高性能な魔剣な気がするのだが？」

「鑑定してみたら呪いの魔剣だったぞ。攻撃力以外のステータスが半減する。オマケに血を吸い取られるクソ性能。いわゆるゴミだ」

「……そうか。魅力的ではあるが、血を吸い取られるのならやめておこう」

クゼルは断念した。

って待て、今『魅力的』って……攻撃力が上がれば何でもいいのか？

そんなクゼルの言葉を聞いた俺は、今度彼女専用の剣を作ってやることにした。

攻撃力を求めるあまり、変な武器を拾ってきても困るしな。

それから俺たちはゆっくりと時間をかけ、自分たちが欲しい物を探した。

鈴乃は管理者の人から許しが出たので『昇華の首飾り』に決めたようだ。

それからもう一つ、『博愛のブレスレット』という、自動回復効果がある魔道具も選んでいた。

クゼルは結局、『攻撃の籠手《こて》』という攻撃力が増加する武具と、『収納袋』というアイテムが大量に入る袋を選んでいた。

クゼルらしいと言えばクゼルらしい選択だ。

肝心の俺はというと、『空《から》の宝珠』という名前の、何の効果も持たない宝珠を二つと、『魔水晶』というものを選んだ。

魔水晶の効果はこうだ。

名前　：魔水晶
レア度：幻想級《ファンタズマ》
備考　：魔力が長き時をかけて結晶化したもので、豊富で高純度な魔力が内包されている。
加工には相当な技術力が求められる。

これ単体で何かができるわけではないのだが、いずれ加工してアイテムを作れればと思っている。

空の宝珠の方も、選んだのは同じ理由だ。どうやら魔力を溜め込むことができるらしいから、何かしらのアイテム作成の役に立つのではないかと考えたのだ。

ただ宝珠の方は、管理者に「そんなものでいいのか？」という顔をされてしまった。

どうやら帝国の人たちも、この宝珠の有効な使い方が思いつかず、持て余しているらしかった。

ともかく、こうして選び終わった俺たちは、オスカーのもとに戻ることにした。

客間に移動し、仕事を終えたらしきオスカーに選んだ褒賞を見せたところ、納得したように頷いていた。

「ふむ。スズノもクゼルも、いいチョイスだな。にしても……」

そう言ってオスカーは俺が選んだ宝珠を見つめた。

「ハルトはそれでいいのか？　特に使い道もない宝珠だが」

「ああ。だけど、これってどこで手に入れたモノなんだ？」

「帝国に前々からあったモノだな。長いこと宝物庫に眠っていたという話だ……ハルトよ、それを何に使うのだ？」

オスカーは俺に宝珠の使い道について尋ねてきた。

「いや、何かに使えればなと思ってさ」

「ふむ。まだ使い道は思いついていないということか」

「そういうこと。まぁ、暇な時にでも新しい使い方を摸索するつもりだ」

「そうか。我々には扱いきれなかったものだ。役に立ててくれ」

それからしばらく、旅のことなどを話していたのだが、不意にオスカーが表情を引き締めた。

「ハルト」

「ん？　なんだ？」

「今は何人の婚約者がいる？」

「ブッ!!　ゲホッゲホッ！」

想定外の質問に、飲み物が気管に入った俺は咳《せ》き込《こ》む。

俺が答えられずにいると、俺以外の面々がその質問に答えた。

「私がハルトさんの婚約者です」

「私もハルトの婚約者よ」

「私もです！」

「同じく」

順にフィーネ、アイリス、鈴乃、エフィルである。

四人を見たオスカーは、目を丸くする。

「そうか、四人か」

「いいえ、違います皇帝陛下」

「む？」

オスカーの言葉を否定したのはアーシャであった。

「ハルト様は現在、こちらの四人に加え、ベリフェール神聖国の聖女、イルミナ・ハイリヒ様ともご婚約されています」

「う、うむ。まだいたのか……しかもベリフェールの聖女まで……」

オスカーはそれを聞くと、両手で頭を抱えるようにしていた。

いや、確かに多いとは思うが、そんな反応をするのはなんでだ？

フィーネたちは「もしかして……」と何かを察している様子だけど、わかってないのは俺だけか？

　そんな中、コンコン、と扉のノック音が響いた。

「父上、ただいま参りました」

「うむ。入れ」

　オスカーが促し入室してきたのは、腰丈まである金色の長髪と、強気な目をした美少女だった。

　俺はその少女を見て、オスカーに視線を送る。

「もしかして……」

「そうだ。俺の娘だ。自己紹介をしてやれ」

　美少女は頷くと、こちらに軽く頭を下げてきた。

「お初にお目にかかります。ガルジオ帝国第二皇女、シャルロット・フォン・ガルジオです」

「シャル、この者たちは――」

「存じております。魔族の手から帝国を救ってくださった方々ですよね？　今朝演習から帝都に戻ってきたら、闘技場が凄惨《せいさん》な光景になっていましたので、事の顛末《てんまつ》を聞きました。ハルトさん、でしたね？　この度は帝都を救っていただき、ありがとうございます……アイリスも久しぶりね」

　シャルロットは丁寧に俺に向かって頭を下げると、アイリスに微笑みかける。

「久しぶり、シャル」

「アイリス、ずいぶんと強くなったみたいね」

「え？　ええ！　もちろんよ！」

アイリスはドヤ顔で胸を張る。

わかってはいたが、顔見知りだよな。結構仲良さそうだ。

そんなことを考えていると、オスカーがとんでもないことを言い始めた。

「それで、シャル。このハルトだが、お前の婚約者にどうかと思ってな。お前もそろそろ婚約者を決めないといけない年齢だろう」

シーンと静まり返る室内。

そして俺たちの「はぁぁぁぁぁあっ!?」という驚きの声が室内に響いた。

状況が理解できない、といった具合でシャルロットがオスカーに尋ねた。

「父上、それはどういうことでしょうか……？」

「自分より強いヤツしか結婚相手として認めないのだろう？　それならハルトはぴったりじゃないか」

「それは、そうですが……」

シャルロットはチラッとこちらを確認する。

少し頬が赤く染まっているのは気のせいだろう。てか……

「あの～」

「む？　なんだ？」

俺が声をかけると、オスカーは不思議そうにする。

「俺の意見って……」

「私の娘では不満なのか？」

「いや、そうじゃなくてだな？　そもそもフィーネたちが何と言うか……」

そう言ってフィーネたちを見るが、呆れるばかりで怒ったり反対したりする様子はない。

オスカーはそれを見て頷いていた。

「まあ、問題なさそうだな」

いや、だから俺の意見……

そう思っていると、シャルロットが俺を見て口を開いた。

「ハルトさん、あなたに決闘を申し込みます」

「……は？　え？　なんで？」

突然の発言に、俺は困惑する。

「私に勝てたのなら、あなたと結婚します。それでいいですか、父上？」

「ああ、シャルもそれでいいんだな？」

「はい」

「……え、俺の意見は無視なの？」

「さあ、騎士たちの訓練場に移動するとしよう」

そう言って、オスカーが部屋を出ていった。

完全にスルーされていますよ、コレ……当事者なのにスルー。俺、ちょっと悲しくなってきた。

移動の最中、フィーネが俺に聞いてきた。

「ハルトさん」

「どうした？」

「その、シャルロットさんと結婚する気ですか？」

「うーん、俺がどうこう以前に、勝手に話を進められてるからなぁ」

「それはまあ、そうですが……」

フィーネは微妙に納得いかないような表情だ。

「ここだ」

訓練場に到着すると、騎士たちが訓練を行っていた。

レイドたち『七人の皇帝守護騎士《セブンスロイヤルガード》』は他に仕事があるのか、一人も見当たらない。

オスカーの指示で訓練していた騎士たちが一時中断し、俺とシャルロットの決闘が行なわれることが告げられる。

するとなぜか騎士たちが盛り上がり始めた。

「英雄と戦姫様の決闘だぞ！」

「これはどっちが勝つんだ⁉」

「お、俺は戦姫様に賭《か》けるぜ！」

「なっ！　なら俺は英雄ハルトに賭ける！」

そしていたるところで賭けが始まった。

そんな騎士たちの会話の中に、気になるキーワードがあった。

俺はアイリスに聞いてみる。

「アイリス、『戦姫』ってなんだ？」

「ああ、ハルトは知らないわよね。シャルが初陣の時に活躍して付けられた二つ名よ」

「そうなのか」

二つ名をつけられるくらいだから、かなり活躍したんだろうな。

俺とシャルロットは訓練場の中央に向かう。

その際、シャルロットが俺に話しかけてきた。

「ハルトさん」

「どうした？」

「あなたは強いです」

俺は何も答えない。

中央で少しの距離を空けて俺とシャルロットは対峙した。

「ですから――私の全力を以て、あなたを打ち破ります！」

シャルロットはそう宣言すると、腰に提《さ》げた得物を引き抜き構えた。

構えられた剣は金色に輝いている。

おそらく、というよりは十中八九、魔剣の類だろう。

「――望むところだ」

俺も黒刀紅桜を引き抜いて構えた。

そして、オスカーの合図によって試合が始まった。

第17話　姫様との決闘

開始の合図と同時、シャルロットが俺の前に一瞬で移動してきた。おそらく縮地を使ったのだろう。

「はぁぁぁぁぁぁぁぁっ！」

気合の入った声と共に、剣を振り下ろしてくるシャルロット。

しかし俺はその剣を刀で受け流す。

「なっ⁉」

受け止められると思っていた剣が逸《そ》らされたことに、シャルロットは驚いている。

勢いのあまり体勢を崩した彼女に、俺は魔力による衝撃波を放つ。

「くっ‼」

シャルロットは衝撃を殺すことができずに後方に吹き飛ばされた。

なんとか空中で体勢を整えて着地するが、地面に膝を突く。

衝撃波を直接受けたのだ。少なからずダメージは入っている。

「まだ終わりじゃないんだろ？」

「もちろんです！」

シャルロットは剣を構える。

その瞬間、シャルロットの雰囲気が一変し、目付きが鋭くなった。

そしてまたしてもシャルロットは一瞬で俺の前に移動する。

そこからは剣戟《けんげき》の嵐だった。

シャルロットの剣と俺の刀が、幾度となくぶつかり合う。

おそらく騎士たちは剣の動きが追えておらず、見えているのは剣と刀がぶつかって生じる火花のみだろう。

「これではらちが明きませんね」

呟いたシャルロットは一度大きく後退して息をつくと、再度縮地で接近してきた。

俺は焦ることなく、その剣を前回と同じように逸らそうと考えたが――

「そうきたか！」

俺が逸らそうとすると見抜いていたのか、シャルロットは刀と剣がぶつかる寸前で止めたのだ。

剣が止まったということは。

「やっぱりな」

一歩後退することで放たれた蹴りを回避する。

「まだ、まだ終わりません！　――ヤマブキ！」

シャルロットの掲げた剣が黄金に光り輝く。

嫌な予感がした俺は距離を取ろうとしたが、足が動かないことに気付いて視線を落とした。

「なっ⁉」

するとなんと、植物の細い枝が俺の足に絡みついていたのだ。

なるほど、動けなかったのはこれのせいか。

面白い。本当に面白い魔剣だ。

ヤマブキといえば、そんな植物があった気がする。確か漢字だと山吹だったたか。

よくよく見れば、俺の足に絡んでいる植物は、まさにその山吹だ。

「――咲け！　ヤマブキ！」

シャルロットがそう言い放った次の瞬間、空中に無数の黄金の花――山吹の花が咲き誇った。

そしてシャルロットが剣を振り下ろすと同時に、山吹の花が俺に襲いかかってきた。

その場から動くことができない俺は、技を放って相殺する。

そっちが山吹なら、こっちは桜だ。

刀を納めてから抜刀の体勢に入る。

「――乱れ桜」

桜吹雪と無数の山吹の花。

ぶつかり合う真紅と黄金が訓練場を彩る様子は、とても幻想的に見えた。

だがそれも一瞬。

お互いの技が消えると、シャルロットはまさかとでも言いたげな表情を浮かべていた。

「当てが外れたか？」

俺が挑発するようにそう言うと、シャルロットは無言で俺に迫る。

そして無言のまま、無数の剣撃を放ってきた。

しかし俺は焦らず、その全てを刀で捌き、時には隙を突いて反撃をする。

「くっ！　これでもまだ届かないのか……！」

シャルロットからそんな呟きが聞こえた。

「そろそろ終わりにしようか」

「まだだ！　──咲け！　ヤマブキ！」

再び咲き乱れる山吹の花。

俺はそれを見ながら静かに納刀する。

「いや、終わりだよ──仇桜《あだざくら》」

真紅の軌跡が横一文字に奔《はし》った。

カチンという納刀音と同時に、咲き乱れていた山吹の全てが消滅する。

この仇桜という技はたった今作り上げたものだ。

時空魔法で対象の座標を補足し、絶対切断の力を乗せた斬撃を、精密な魔力操作によって対象へとぶつけ、消滅させる。

空間さえ斬り裂くこの技は、俺が使える技の中で最高とも呼べるだろう。

シャルロットには悪いが、新しい技を試すにはちょうどいい相手だったな。

俺は足を拘束している枝を切り払うと、縮地を使って一瞬でシャルロットに接近し、その喉元に愛刀の切っ先を突きつけた。

シャルロットは唖然《あぜん》としていて、先ほどの出来事が信じられない様子だ。

しかし少しして我を取り戻したシャルロットは、剣を下ろして両手を上げた。

「さすが、『魔王』と『殲滅者』の二つ名を持つ冒険者ですね。私の完敗です」

「その二つ名、俺は気に入っていないんだがな」

こうしてシャルロットの降参により試合は終了した。

騎士たちの拍手や歓声が訓練場に響き渡る。

その中からこんな声も聞こえてきた。

「まさかシャルロット様を倒すとは……」

「最強の冒険者と呼ばれるだけはあるか」

「そうだな。思わず見入ってしまった」

「俺、最初の攻撃とか見えなかったぞ。いつ動いたんだよ」

「いずれにしても、二人ともとんでもない実力だったな」

「だな」

そう口々に俺とシャルロットの試合に賞賛の言葉を送っていた。

俺は騎士たちの言葉を耳にしつつ、シャルロットに向けて口を開いた。

「シャルロットさんも相当強かったよ。まさか植物で動きを封じられるとは思わなかった」

「そう褒められるとこそばゆいですが、鍛えた甲斐《かい》があるというものです」

ここまでの動きができるんだ。レベルも相当高いだろう。

俺は鑑定を使ってシャルロットのステータスを見る。

名前　：シャルロット・フォン・ガルジオ
レベル：87
年齢　：17
種族　：人間
スキル：剣術Lv10　縮地Lv8　身体強化Lv9　威圧Lv8　強靭Lv7　気配察知　魔力察知
称号　：ガルジオ帝国第二皇女　戦姫

ユニークスキルがないのに、結構、いや、相当な強さだ。

『戦姫』の二つ名に恥じない戦闘のセンスだった。

そして俺がステータス以上に気になったのは、シャルロットが持つ剣である。

名前：ヤマブキの剣
レア度：幻想級《ファンタズマ》
備考　：一輪の花が大量の光を浴びて剣になったと伝えられる。
この剣に念じると、半径五十メートル圏内の植物を自在に操ることができる。
所有者は固定され、身体能力と戦闘スキルの威力を三倍上昇させる。

この『植物を自在に操る』という効果、これが強力だ。

俺は駄目もとで、一つ聞いてみることにした。

「その剣って、どこで手に入れたんだ？」

「この剣、ですか？」

「かなりいい剣みたいだから、少し気になって」

「私の剣よりも、あなたの持つその細い片刃の剣から強力な力を感じますが……？」

ほう、見抜くとはいい目を持っている。

「これは黒刀紅桜。剣ではなく刀という武器だ。レア度とか聞く？」

「刀、ですか。レア度も教えていただけるのでしたらぜひ。よろしいのですか？」

「そっちも教えてくれるんだろ？」

「もちろんです」

シャルロットが頷くのを見て、俺は口を開く。

「この武器のレア度は神話級《ゴッズ》だよ」

「ゴ、神話級《ゴッズ》ですかッ!?　一体どうやって手に入れたのか聞いてもいいですか？」

「自分で作った。元々は伝説級《レジェンド》の武器だったんだが、色々あってここまでの代物になったんだよ」

「自分で作ったというのにも驚きですが、なるほど……最強と呼ばれる冒険者が持つにはふさわしい武器ですね」

シャルロットは納得したように頷いてから、自身の剣について語ってくれた。

「この剣は私が幼い時に、父上からいただいたものなんです。東方にある国から流れ着いた物と聞いています。なんでも、その国に咲くヤマブキという花が大量の光を浴び続け、剣になったと言い伝えられているとか」

なるほど、東方の国か。伝承も鑑定結果通りだな。

「それにしても、とても美しい剣だな」

「私もそう思ってます」

シャルロットはそう言って、花が咲いたように笑う。

そんなこんなで俺とシャルロットの決闘が終わるのであった。


決着がついた俺たちは、オスカーたちと一緒に客間に戻っていた。

オスカーがシャルロットに尋ねた。

「シャルよ。もう一度言うが、強い人と結婚したいと言っていたな？」

「はい」

「なら、相手はハルトで良いか？」

だから勝手に――……

俺がそう声を上げようとした時、シャルロットが頷いた。

「二言はありませんし、ハルトさんなら問題はありません。それに……」

最後の方は何と言っているか聞こえなかった。

「そうか……ではハルト」

しかしオスカーには届いていたようで、彼は俺に向き直る。

この展開。もうわかっている。わかっているとも……

だけど！

「少し待ってくれ」

「どうしたのだ？」

「ちょっと、な」

俺はそう言ってフィーネたちの方を向く。

「まずは謝るよ。ごめん。それで――」

俺の言葉を遮ったのはフィーネだった。

「私は異論ありませんよ……今さらですし」

「私もよ。シャルなら大歓迎よ♪」

フィーネの言葉にアイリスが同意し、鈴乃、エフィルも頷いた。

意見は一致したようだ。

「そういうことか。それで決まったのだな？」

「ああ、でも、もう一ついいか？」

「どうした？」

「俺は元の世界に帰るつもりでいる。だから帰還したらこちらの世界に戻れないかもしれない。それでもいいのか？」

俺の言葉に、オスカーが慌てたように口を開いた。

「おいハルト。今、『元の世界』と言ったか？　どういうことだ？」

俺はオスカーに、この世界にやってきてからのことを、神様に関しては除いて全て説明する。

「――と、いうことだ。フィーネたちはそれを知っていてなお、俺に付いてきてくれると言った。その想いに俺は応えないといけないし、それに俺はみんなを幸せにするつもりでいる」

フィーネたちの方を見ると、頬を染めながらも幸せそうな表情をして微笑んでいる。

「……そうか。ハルト、お前が異世界人だということは理解した。だが、決めるのは私ではなくてシャルだ。それと話してくれたこと感謝しよう」

「気にしないでくれ。それから、いずれはこちらとあちらの世界を自由に行き来する方法を探そうと思っているんだ。だからシャルロットは無理して今すぐ選ばなくても――」

そんな俺の言葉を遮って、シャルロットが「決めました」と声を上げた。

「ハルトさんと一緒にいれば、共に強くなっていけると感じました。だからどこの世界だろうが、私は付いていきます。それに――ですから」

「ん？　何て言った？」

最後の方が聞こえなかった。

シャルロットの顔は赤く染まっている。

「き、気にしないでください」

「あ、あぁ……？」

これ以上は聞いてはいけないと悟ってしまった。

多分、好きとかそういうことを言おうとして照れてしまったんだろう。

「それではハルトさん。末永くよろしくお願いします。皆さんも私のことはシャルと呼んでください」

「よろしく、シャル。俺のことも呼び捨てでいいからな」

フィーネたちもシャルに「よろしく」と言って、自己紹介をしながら話し込んでいた。

そんな中、オスカーの視線が俺に突き刺さる。

「娘を頼むぞ？」

「安心しろ、シャルを不幸にするつもりは一切ないからな」

「頼もしい言葉だな。頼んだぞ」

こうして新たな俺の婚約者として、ガルジオ帝国第二皇女であるシャルロット・フォン・ガルジオが加わった。

俺の婚約者はフィーネ、アイリス、鈴乃、エフィル、イルミナ、シャルと、六人になった。

シャルを見れば、既にフィーネたちと打ち解けており、楽しそうに談笑をしている。

そんな中、オスカーが俺に聞いてくる。

「そうだ。ペルディスにはいつ帰るんだ？」

「明日の午後にはここを出ようとは思っている。途中ベリフェール神聖国に寄っていくけどな。イルミナとまた会おうって約束したし」

「例の聖女か……なかなかモテるようだな？」

「よしてくれ……」

ニヤニヤするオスカーにうんざりしていると、シャルが助け舟を出してくれた。

「父上には側室が八人いますけどね」

「おい、シャル⁉」

「いいじゃないですか、公然の事実ですし。それに、どうせまだ他にも外で囲っている人がいるんですよね？　たまに城を抜け出すのですから」

「どうしてそれを知っているんだ」

「城の兵や騎士、民が見たって言ってますから」

「………」

オスカーは完全に黙ってしまった。

この皇帝を黙らせるとは、シャルは中々の逸材《いつざい》だ。

するとオスカーは無理矢理話題を変えてきた。

「そうだハルト、今回現れた四天王、竜騎士ダムナティオの件だが」

突然すぎるが、そのことについては俺も話しておきたかった。

オスカーは更に言葉を続ける。

「魔族領が今どうなっているか気にならないか？」

「それ、遠回しに魔族領に行ってこいってことか？　たしかに状況が気になってはいるが……」

ここまで立て続けに四天王が人族の領土に侵攻しているのだ。

気にならない方がおかしい。

「つまり、俺に偵察《ていさつ》か、あわよくば魔王を倒しに行ってこいと？」

「そういうことだ」

俺の言葉に、オスカーは頷く。

「だが、魔王討伐は勇者の役目だろ？」

「そうは言っても、お前は四天王を二人倒したんだ。目をつけられていてもおかしくないだろう。もはや関係ないとは言ってられないはずだ」

俺は黙ってしまった。

オスカーの言う通り、魔王軍が俺を敵視していてもおかしくない。

フィーネたちに危険が迫るかもしれないことを考えると、先に動いた方が得策だろう。

「……わかった。だがどうするかは勇者たちと決めることにする」

「それでよい。決まり次第、ペルディス王から各国に連絡をするようにしてくれ。そうなったら、ハルトには依頼を出すことになるだろうな」

「了解だ」

「頼むぞ」

俺はオスカーとがっちり握手をする。

さて、そろそろいい時間になってきた。

長く居座っても迷惑だろうから、今日は宿に戻ろう。

「じゃあそろそろ俺たちは宿に帰るよ」

「話に付き合ってくれてすまないな」

「別にいいさ。また機会があれば寄らせてもらうよ」

「そうしてくれ。それとシャル」

オスカーはそこでシャルに向き直った。

「なんですか？」

「ハルトと一緒に行くか？」

その言葉で、俺たちも視線をシャルに向ける。

シャルは迷っているようだ。

「別に国のことは考えず、シャルの好きにするといい」

「わかりました。では私は——ハルトに付いていきます」

「わかった。荷物をまとめておけ。明日一緒に行くといい」

「はい！」

シャルは俺たちの方を向いて口を開き、頭を下げた。

「ではハルト、よろしくお願いします」

「こちらこそ。それと荷物なら俺の異空間収納に入るから量は気にしなくていいから」

「収納魔法とはまた便利なものを……では荷物をまとめておきます」

「おう。それじゃあまた明日」

俺たちは帝城を後にし、宿に戻ったのだった。


それから宿で夕食を食べていたのだが、フィーネがボソッと呟く。

「……女たらし」

その言葉に、他の女性陣もうんうんと頷いていた。

……マジで？

ゼロに助けを求めようとするが、褒賞で貰った本を読んでいて、こちらに興味を示していない。

なんの本を読んでいるのか見ると、魔法に関する書物だった。

俺はゼロの援護を諦めて、反論する。

「そんな節操なしでは――」

「「「少しは自重して（ください）!!」」」

ダメもとで再びゼロに助けを求めようと視線を向けるが――

「雌《めす》が強い雄《おす》に群がるのは当然のことです」

ダメだコイツ……

俺は女性陣に向かって小さく「すみません」と謝るのだった。

第18話　帝都発、神都行

翌日の昼時。

準備を済ませた俺たちは、城の前まで馬車で向かう。

そこには既にシャルが待っていた。

「わざわざありがとうございます。こちらが私の荷物です」

荷物は思ったより少なかった。

「こんだけか？」

思わずそう聞いてしまう程に少ない。

そんな俺の問いに、シャルは苦笑いをしながら答えた。

「はい。最低限の着替えと、後は武器さえあればいいので」

なるほど、そんなものか。

俺がシャルの荷物を仕舞っていると、オスカーとレイドたち『七人の皇帝守護騎士《セブンスロイヤルガード》』が姿を見せた。

オスカーがまっすぐに俺のところに来る。

「ハルト、シャルを頼むぞ」

「ああ、任せろ」

「それと、改めて礼を言う。お前がいなければ帝国は魔族の手に落ちていただろう。救ってくれてありがとう」

オスカーはそう言って頭を下げた。

そしてオスカーはレイドたちに視線を向ける。

「レイド、お前たちも何か言うことがあるだろう？」

「はい」

今日はレイド、ガイズ、アッシュ、センテスに加えて、『七人の皇帝守護騎士《セブンスロイヤルガード》』の残りの三人――カイン、ハンス、ジルロットもいる。

カインたち三人は自己紹介してもらった程度だが、アッシュやセンテスと同程度の実力者であることは伝わってきた。

そんな七人を代表して、レイドが一歩前に出た。

「本当に国を救ってくれてありがとう」

レイドは俺に向かって頭を下げると、今度はフィーネたちに向き直って礼を言う。

「フィーネ殿はまだまだ強くなれる。そしたらまた手合わせしてもらおう。その時は私が負けるかもしれないが、鍛錬を怠《おこた》るつもりはないからな」

「はい！　次は負けませんから！」

「新たな楽しみができたよ」

他の面々も別れの挨拶を済ませ、俺たちは馬車に乗り込んだ。

「シャル、元気でな。そしてさらに強くなれ」

「はい、父上」

「そうだ、ハルト」

オスカーは俺の方を見る。

「ん？　どうした……？」

「次にこの国に来た時は、私とも勝負をしてもらおうか」

「ああ、そうだな。結局できなかったからな。その時を楽しみにしておくよ」

「ははははっ、それでは私もレイドたちと鍛えるとしよう……シャルを頼んだぞ」

「任せてくれ」

俺はオスカーと握手を交わす。

こうしてペルディス王国に帰るため、みんなに見送られながら俺たちは帝都を出発した。

ちなみに、冒険者であるファンスたちには別れの挨拶をしていない。

どうせまたどこかで会える。それが冒険者というものだ。

聞く話によると、闘技場の修復を手伝っているという。

復興の手伝いも冒険者としての仕事の一つだ。手伝いたかったが、今回は先にスケジュールを決めていたため、断念した。

だが帝都の民や冒険者はやる気に満ちている。

俺が直すことでみんなの仕事を奪うわけにもいかないからな。

再び訪れるのが楽しみだ。


そうして馬車を進めていると、シャルが話しかけてきた。

「そういえば、目的地はベリフェール神聖国の神都ですよね。イルミナさんに会うのは久々なので楽しみです」

「そうか、王族だったらパーティーとかもあるから、面識はあるのか」

イルミナもシャルも、一国の姫だからな。

「ええ、ですから会うのが待ち遠しいんです」

シャルは嬉しそうに言った。

そんなに待ち遠しいなら、俺の空間転移を使えば一瞬で神都に戻れるんだけど……

それを伝えて驚かせようと思ったんだが、シャルは言葉を続ける。

「でも、この馬車は凄い、って話もアイリスから聞いたから、ゆっくり旅をするのも楽しみです」

あー、亜空間のことかな。まだ説明してなかったか。

ともあれ、そういうことなら空間転移のことは伝えなくていいかな。

「それじゃあ、神都まで馬車でゆっくり行くとしようか」

機会があれば空間転移を使うとしよう。

「はい！　……それでアイリス。凄いっていうのは何のことなんです？」

シャルに尋ねられたアイリスは、彼女を亜空間に繫がる扉の前に案内する。

「ふふふ、この扉の先のことよ！」

「この扉は一体？」

「ハルトが作った亜空間に続く扉ね。この向こうに空間があるわ」

「あくうかん……？　空間……？」

当然理解できるはずもなく、シャルの頭に疑問符が浮かんでいる。

「説明するよりも実際入った方がよくわかるわ。アーシャ」

「はい。ではシャルロット様、どうぞこちらへ」

「え、ええ……」

シャルは戸惑いながらも、アイリスとアーシャに案内されて亜空間に入っていった。

どんな反応をするか楽しみだな。


シャルたちが亜空間に入っていってから、しばらく馬車を走らせていると、街道に魔物の群れが現れた。

ゴブリンの集団だ。

「ゴブリンか、邪魔だな～」

「どうします？」

「私がやりましょうか？」

「晴人くん、私でもいいよ？」

フィーネとエフィル、鈴乃がやると言い出す。

ゼロは優雅に読書をしている。頼めばやってくれそうだが、表情を見れば今はいいところなのだろう。そっとしておこう。

ちなみにこういう時に真っ先に手を挙げるクゼルは、今は亜空間で鍛錬をしている。

「いや、俺がやるよ」

そう言って俺は馬車をそのまま走らせる。

「マグロ、そのまま進んでくれ。ゴブリンは倒すから」

マグロが「ヒヒィーン」と嘶《いなな》く。

俺は御者席に座ったまま、右手を銃《じゅう》の形にし、まだ離れたところにいるゴブリン目掛けて魔力弾を放つ。

魔力弾はゴブリンの頭部を穿《うが》ち絶命させる。

「うーん、効率が悪いな――ウィンドカッター」

しかしこのままでは一体一体のために魔力弾を撃ちまくる必要があったため、風魔法に切り替える。

風の刃は、残りのゴブリン数体を纏めて上下半分に切断した。

「よし、片付いたな」

さらにファイヤーボールを投げつけ、ゴブリンの死体を一瞬にして灰にする。

その間、俺は御者席から一歩も動いていない。

「もう見慣れましたよ……」

「だよね……」

「私もです……」

フィーネと鈴乃、エフィルの三人は呆れた表情をしていた。

どうしてだろうか？

それから更にしばらく進むんだところで、亜空間に続く扉が勢いよく開いた。

何事かと顔を向けてみれば、そこには目をキラキラと輝かせたシャルの姿があった。

「ハルト、凄いです！」

シャルは御者席に座っている俺の肩を揺さぶりながら、興奮した様子でそんなことを言う。

「そ、そうか。それでどうだった？」

「なんですかアレは！　もうこの馬車なしでの旅ができなくなります！」

「そ、そうか。気に入ってもらえて良かったよ」

しばらくシャルは、亜空間の素晴らしさを俺に熱弁してきた。

そしてその後はフィーネや鈴乃、エフィルを捕まえて語っており、語り終わった頃にはシャル以外の全員がぐったりとしていた。

いや、正確には全員ではなく、ゼロ以外と言った方が正しいだろう。

というのも、ゼロは「ええ、ハルト様が作ったものですから」と言ってシャルに同調していたのだ。

一通り語り終えたシャルは、クゼルと一緒に訓練すると言って、再び亜空間に戻っていった。

どうやらいい友達ができたようで何よりだ。

またしばらく進み、御者をフィーネに代わってもらった俺は、亜空間に足を踏み入れた。

すると、ゼロ一人を相手にクゼルとシャルが戦っているところだった。

ゼロはかなり余裕な様子で、「ふむ。まだ粗《あら》いところがありますよ」と言いながら指導していた。

ゼロとの先頭を終えた二人は、仰向けに倒れる。

「クゼル。ゼロさん、強すぎですよ……」

「そうだな、シャル。ゼロはレベル250を超えているからな」

「へ？　レベル250……？」

ゼロのレベルを聞いて、シャルは目を丸くする。

「ゼロは最強のドラゴンだ。今は人の姿になっているだけだぞ」

「ど、ドラゴン……凄い人がハルトの執事をしているんですね」

「まあ、ゼロでもセバスには頭が上がらないみたいだがな」

クゼルが笑いながらゼロに視線を向けた。

たしかにクゼルの言う通り、ゼロを執事として鍛えた師匠――セバスには、ゼロも頭は上がらなかった。

「ええ、セバス殿には感謝しております。こうして一人前の執事になることができましたから」

ゼロはそう言って、嬉しそうな顔だ。

俺は三人のもとに歩み寄り、仰向けになっているクゼルとシャルの二人に回復魔法をかける。

「三人ともお疲れ様」

「ハルトか。助かった」

「ハルト、ありがとうございます」

「別にこれくらい大したことないよ」

俺は二人に手を差し伸べると、その手を取って立ち上がらせる。

「そうだ。次はハルト対私たちの、二体一をやろうではないか」

クゼルのギラギラとした視線が俺に向けられる。

やべっ、これ断れない流れじゃん……いや、まぁ別にいいか。

「暇だしやるか。ゼロ、本でも読みながら。外の見張りを頼めるか？」

「はい。では私はこれで」

ゼロは先に戻っていった。

それから俺とクゼル、シャルは存分に闘う。

しばらくすると、そこには仰向けに寝転がっているクゼルとシャルの姿があった。

俺は二人に回復魔法をかける。

「ほら、これで大分疲れはとれただろう？」

「助かる、ハルト」

「ありがとうございます」

「よし、折角だから広い湯船につかって疲れを取っておいで」

俺の提案で、クゼルとシャルは顔を輝かせて亜空間の邸に向かっていった。

そうしてお風呂《ふろ》で疲れを取った俺たちは、リビングで涼むことにした。

ちなみに風呂は一緒に入ったわけではない。別々だ。

三人で雑談をしていると、何を思ったのかシャルがクゼルにとある質問をした。

「クゼル、聞いてもいいですか？」

「む？　どうした？」

「クゼルはハルトの婚約者ではないのですか？　他の皆さんがそうですし、てっきりそうなのかと……」

その言葉に俺が顔を向けると、クゼルは顔を真っ赤にしていた。

そして口をパクパクさせながら慌てている。

「そ、それは、だな、その……」

「ハルトのことが嫌いなので？」

「ち、違うに決まっているだろ！」

クゼルは食い気味に否定する。

その瞬間、俺はシャルの口元が笑ったところを見てしまった。

何か嫌な予感がして、ブワッと嫌な汗が噴き出る。

この流れはもしかして……

「本当にそうですか？」

シャルのその言葉に、クゼルはそっぽを向いてしまった。

しかしその頬は、ほんのり赤みを帯びている。

「本当にそう、ですか？」

二度目の問いかけに、クゼルの視線がシャルに向けられた。

クゼルはシャルの耳元に口を寄せて何かを言っているが、俺には何も聞こえない。

てか、この状況から逃げたい気分になっている。

すると、シャルが表情を引き締めてクゼルに向き直った。

「ならハルトにしっかりと伝えるべきです。私は先に戻りますから、お二人でゆっくりとどうぞ。皆さんには私から話しておきますので」

シャルは笑顔でそう言って、亜空間から出ていった。

残った俺とクゼルの間に、気まずい空気が漂う。

どうしよう……この空気を何とかしろって言うのかよ！

クゼルを見ると、チラチラとこちらを見ては赤くなっている。

ここはいつも通りにしててほしいのだが!?

クゼルのこんな一面を見たことがなかった俺は、思わず心の中でそうツッコミを入れてしまう。

しばらく沈黙が続いたが、最初に口を開いたのは俺ではなく、クゼルだった。

「ハ、ハルト……」

クゼルはピンクに染まった顔で、俺を見つめて名前を呼んだ。

「……どうした？」

クゼルらしくなく、モジモジしながら恥ずかしそうに尋ねてくる。

「その、私もいいのだろうか……？　ちょっと気が引けて、な」

何を、というのはわざわざ聞かない。

しかし、何に遠慮する必要があるんだ？　クゼルはそういうヤツじゃないだろ。

「クゼルには、クゼルらしいいいところがあるだろ？」

「私らしい……？」

わからないようだ。

「そうだな。俺はクゼルの強気なところや、闘いが好きなところ、そういうのを全部含めて好きなんだ」

「ッ!?」

クゼルは俺の言葉で、顔を更に赤くした。

そう。俺は気付けばクゼルのことが好きになっていたんだ。

するとクゼルは、まっすぐに俺を見つめていた。

「――私も、気付いたら好きになっていたようだ」

そこで言葉を区切り、決意したように再び口を開く。

「ハルト、私はお前のことが――好きだ」

これ以上にないほど恥ずかしいのだろう。

クゼルは首まで真っ赤だ。

見つめ合い、キスする寸前――邪魔が入った。

「ハルト！」

リビングに入ってきたのはアイリスたちだった。

俺とクゼルは一瞬で離れ、何もなかったかのように振る舞う。

「ど、どうした？」

「ア、アアアアアイリス、ど、どうした？」

俺もクゼルもテンパって噛み噛みになってしまった。

「シャルに聞いたのよ！」

シャルの方を見ると、「成功したようですね」と言いたげに親指を立てている。

隣のフィーネはニコニコしていた。

「これでクゼルさんも婚約者の一人ですね」

フィーネがそう言ってクゼルの手を取って微笑んだ。

「クゼルさん、みんなで仲良くしましょう」

「私はいつになったらクゼルはハルトに告白するのか待っていたけど、ようやくしたようね」

「クゼルさんが晴人くんのこと好きだったのは私たちは知ってたからね」

「ですね。ハルトさんは気付いていないようでしたが」

「ハルト、私に感謝することですね。クゼル、改めてこれからよろしくお願いしますね」

フィーネにアイリス、鈴乃、エフィル、シャルが口々にそう言う。

そうしてその日の夜、俺たちはクゼルが婚約者の一人になったことを祝う宴をすることになった。

みんなの喜んでいる顔を見て、俺は久々の仲間だけの宴を楽しむのだった。


翌日以降も旅は順調に進む。

シャルは早々にみんなに打ち解けており、クゼルやフィーネたちとも模擬戦を楽しんでいた。

そんな中、俺は暇な時間を使ってクゼルの剣を作ることにした。宝物庫でいつか作ろうと思っていたものだ。

まずは異空間収納からいくつかの金属を取り出し、それをスキル錬成で一つの合金にする。

合成した金属はクゼルの髪のように綺麗《きれい》な緋色《ひいろ》をしていた。

俺はさっそく鑑定する。

名前　：紅緋合金結晶《スカーレット・クリスタル》
レア度：伝説級《レジェンド》
備考　：複数の金属と晴人の魔力が交ざったことでできた希少な魔法金属。

うん。素材としては文句なしだな。

続いてクゼルに似合うだろう、剣の形をイメージしてスキル錬成を発動する。

深紅の魔力がバチバチと爆《は》ぜ、金属が形を変えていく。

しばらくして錬成が終わり、俺は完成した剣を手に取る。

クゼルが普段から使っているものと同様の両刃の長剣ではあるが、華美になりすぎない程度に装飾が施され、緋色に輝いている。

かなり綺麗な剣だ。

俺は完成した剣を鑑定する。

名前　：華剣ツバキ
レア度：幻想級《ファンタズマ》
備考　：所有者が固定される。所有者の戦闘時における戦闘系スキルの威力を倍強化。
**　　　　精神耐性が大幅に上昇する。**

これは……クゼルにぴったりの剣ではなかろうか？

精神耐性が上がるので、ユニークスキルの影響で自我を失う確率は大幅に下がると思う。

そしてその日の夜、俺はクゼルにこの剣をプレゼントした。

「これが私の剣、なのか……？」

クゼルは手に取った剣をまじまじと見つめ、目を輝かせていた。

「約束したからな。今度作るって」

「ッ!!　あ、ありがとう……大切にする。ちなみにどういった効果があるんだ？　見た感じ、魔剣の類だとは思うんだが」

クゼルの予想は当たっている。

俺が効果を説明してあると、クゼルは目を大きく見開いていた。

「出鱈目《でたらめ》な効果だな」

「ちなみにレア度は幻想級《ファンタズマ》だ」

ほぼ全員が「まあ、ハルトならこれくらい当然」と言いたげな表情をする中、シャルだけが驚き焦っていた。

「ちょ、幻想級《ファンタズマ》って国宝レベルじゃないですか！　ハルト、どうしてそんなモノを作れるんですか⁉」

「どうしてと言われてもなぁ、スキルのお陰としか……俺、スキル全部がレベル10だし、これくらいは簡単にできるよ」

シャルはまるで非常識の塊《かたまり》を見るかのような視線を向けてくる。

ちょっと傷つきつつ、俺は神様に感謝する。

何もかも、俺がここまで強くなれたのも神様のお陰だからね。

それから、どんなスキルがあるかシャルに質問攻めにされたり、クゼルに新しい剣を試したいと言われ相手をしたりとしているうちに、すっかり遅い時間になっていた。

そうしてみんなが寝静まった夜。

野営地で俺は一人、相棒であるマグロに背を預けながら、改めてステータスを確認してみる。

名前　：結城晴人

レベル：530
年齢　：17
種族　：超人間《ハイヒューマン》
エクストラスキル：混沌之支配者《アザトース》　武神　森羅万象
スキル：社交術　言語理解
称号：異世界人、武を極めし者、魔導を極めし者、超越者、ＥＸランク冒険者
魔王、殲滅者、世界最強

ペルディス王国を出た時からの変化と言えば、ベリフェール神聖国で極限突破とかが手に入ったくらいいか。

それと悪魔のシュバルツと魔王軍四天王のダムナティオ、その後の黒騎士を倒したことで大幅にレベルが上がった程度かな。

ほとんどのスキルが手に入っているので、今後新しいスキルが手に入るとは思わないけど、これで十分だろう。

それに、強くなったのはいいことだ。大切な人を守ることができる。

だが、俺はもっと強くならなければいけない気がする。

ダムナティオであの強さということは、魔王はかなり厄介そうだ。俺以上に強い可能性だってあるし、油断はできないだろう。

俺は今後のことを考えるが、みんなの寝顔を思い出して笑みを浮かべる。

「ま、その時になって考えればいいか」

考えるのをやめた俺はマグロに背を預けて目を閉じるのだった。

月が導く異世界道中
Tsukiga Michibiku Isekai Dochu
あずみ圭
Azumi Kei
1~17
8.5
シリーズ累計200万部突破の超人気作!(電子含む)
TVアニメ第2期
制作決定!!
異世界へと召喚された平凡な高校生、深澄真。彼は女神に「顔が不細工」と罵られ、問答無用で最果ての荒野に飛ばされてしまう。人の温もりを求めて彷徨う真だが、仲間になった美女達は、元竜と元蜘蛛!? とことん不運、されどチートな真の異世界珍道中が始まった!
薄幸系男子の成り上がりファンタジー、開幕!
なんでだろう親の都合で異世界へ
第5回アルファポリスファンタジー小説大賞 読者賞受賞作!
待望の書籍化!
●各定価:1320円(10%税込)
●illustration:マツモトミツアキ
1~17巻好評発売中!!
2期までに
原作シリーズもチェック!
あずみ圭
木野コトラ
とことん不運、されどチート!!
シリーズ累計29万部
薄幸系主人公の異世界放浪記、コミカライズ第1巻!!
漫画:木野コトラ
●各定価:748円(10%税込) ●B6判
コミックス1~9巻好評発売中!!

平凡な会社員の男は、気付くと幽霊と化していた。どうやら異世界に転移しただけでなく、最底辺の魔物・ゴーストになってしまったらしい。自らをシグムンドと名付けた男は悲観することなく、周囲のモンスターを倒して成長し、やがて死霊系の最強種・バンパイアへと成り上がる。強大な力を手に入れたシグムンドは辺境の森に拠点を構え、人化した魔物や保護したエルフの母子と一緒に、従魔を生み出したり農場を整備したり、自給自足のスローライフを実現していく——!

●定価:1320円(10%税込)　●ISBN 978-4-434-29115-9　●Illustration:高瀬コウ

この作品に対する皆様のご意見・ご感想をお待ちしております。
おハガキ・お手紙は以下の宛先にお送りください。

【宛先】
〒150-6008 東京都渋谷区恵比寿 4-20-3 恵比寿ｶﾞｰﾃﾞﾝﾌﾟﾚｲｽﾀﾜｰ 8F
（株）アルファポリス　書籍感想係

メールフォームでのご意見・ご感想は右のＱＲコードから、
あるいは以下のワードで検索をかけてください。

アルファポリス　書籍の感想　検索

ご感想はこちらから

本書は Web サイト「アルファポリス」（https://www.alphapolis.co.jp/）に投稿されたものを、改稿・改題のうえ、書籍化したものです。

異世界召喚《いせかいしょうかん》されたら無能《むのう》と言《い》われ追《お》い出《だ》されました。6
～この世界《せかい》は俺《おれ》にとってイージーモードでした～

WＩＮＧ（うぃんぐ）

2021年 11月 30日初版発行

編集－村上達哉・宮坂剛
編集長－太田鉄平
発行者－梶本雄介
発行所－株式会社アルファポリス
〒150-6008 東京都渋谷区恵比寿4-20-3 恵比寿ｶﾞｰﾃﾞﾝﾌﾟﾚｲｽﾀﾜｰ8F
TEL 03-6277-1601（営業）　03-6277-1602（編集）
URL https://www.alphapolis.co.jp/
発売元－株式会社星雲社（共同出版社・流通責任出版社）
〒112-0005 東京都文京区水道1-3-30
TEL 03-3868-3275
装丁・本文イラスト－クロサワテツ（http://www.fatqueen.info/）
装丁デザイン－AFTERGLOW
印刷－図書印刷株式会社

価格はカバーに表示されてあります。
落丁乱丁の場合はアルファポリスまでご連絡ください。
送料は小社負担でお取り替えします。

ISBN978-4-434-29626-0 C0093